民国首版文学经典

红 雾

张资平 著

图书在版编目（CIP）数据

红雾 / 张资平著. —上海：上海科学技术文献出版社，2014.5

（民国首版文学经典丛书）

ISBN 978-7-5439-6184-5

Ⅰ. ① 红… Ⅱ. ①张… Ⅲ. ①长篇小说—中国—现代 Ⅳ. ① I246.5

中国版本图书馆 CIP 数据核字（2014）第 030285 号

责任编辑：张　树　于玲玲
封面设计：周　婧

红　雾

张资平　著

出版发行：上海科学技术文献出版社
地　　址：上海市长乐路 746 号
邮政编码：200040
经　　销：全国新华书店
印　　刷：上海中华商务联合印刷有限公司
开　　本：850×1168　1/32
印　　张：9.5
版　　次：2014 年 5 月第 1 版　2014 年 11 月第 2 次印刷
书　　号：ISBN 978-7-5439-6184-5
定　　价：50.00 元

http://www.sstlp.com

出 版 說 明

民國時期雖只有短短三十幾年，却在中國歷史上擁有極重要的地位。隨着地理封閉格局的打破，社會制度的轉型，思想束縛的解放，社會的文化和學術也開始了古今中西新舊融合創新的歷史過程，迎來一個百家爭勝、异彩紛呈的局面，直接表現便是名家輩出、佳作迭現，且其視野之開闊、學識之淵博、影響之深遠，爲前代所不及，亦爲後人所難達。

有鑒于此，我們從民國時期的經典著作中精選一批，以"民國首版經典叢書"之名將其影印出版。第一輯共收羅了三十四種著作，合三十册，分爲"學術"和"文學"兩部分。其中，"民國首版學術經典"包括梁啓超《清代學術概論》、舒新城編《近代中國留學史》、王孝通《中國商業史》、胡樸安《中國文字學史》、李長傅《中國殖民史》、姚名達《中國目錄學史》、吕思勉《歷史研究法》與《中國文字變遷考》（合一册）、胡適《五十年來中國之文學》與劉師培《論文雜記》（合一册）、吕思勉《理學綱要》、吕思勉《白話本國史》、柳亞子等編《蘇曼殊年譜及其他》、顧頡剛編著《妙峰山》等。

這些出自名家之手的著作，或爲開一代風氣的創新之作，如舒新城的《近代中國留學史》，是近代第一部研究留學問題的專著，奠定了留學史研究的根基，也是研究有關中國留學歷史的必讀書目之一；如吕思勉的《白話本國史》，既是他的成名作，也是中國歷史上第一部用白話文寫成的中國通史；或爲總結先賢、啓發後來的集大成之作，如梁啓超的《清代學術概論》，這是一部闡述清代學術思潮源頭及其流變的經典著作，也是梁啓超的代表性作品之一，將清代學術從時代思潮的角度劃分爲四個時期，并對每個時期作了簡要而中肯的評介，精辟分析了各個時期及其代表人物的成就與不足，一經問世即受到讀者歡迎，并成爲一代又一代青年學子的入門必讀書；再如胡適的《五十年來中國之文學》，從古文的末路、古文學的新變、白話小說的發達及缺點、文學革命這幾個方面再現這五十年的文學，在傳承舊學的同時更開新路，爲文學變革鋪墊、利導。

"民國首版文學經典"則包括黎錦暉編《留歐外史（第一集上編）》、朱湘《石門集》、邱東平《火灾》、王實味《休息》與歐陽山等《給予者》（合一册）、徐志摩《徐志摩選集》、邱東平《第七連》、蕭紅《生死場》、張資平《紅霧》、張資平《飛絮》、陳夢家編《新月詩選》、徐志摩《雲游》與《志摩的詩》（合一册）、弘一大師紀念會編《弘一大師永懷錄》、葉靈鳳《紅的天使》、朱自清等《我們的六月》、《魯迅傑作選》、郁達夫《迷羊》、胡適《胡適留學日記》、葉靈鳳《未完的懺悔錄》等。

文學爲人民群衆喜聞樂見之事，其影響既遠且廣。叢書中所收，不乏當時的"暢銷書"，如蕭紅的《生死場》，甫一出版便轟動當時文壇；如張資平創作的言情小說《紅霧》、《飛絮》等，一版再版，暢銷多年；同時還有不少品種是現今流傳較少，甚至是建國後第一次影印出版的，如弘一大師紀念會所編《弘一大師永懷錄》，該書于大師圓寂一周年時出版，當時僅印發一千册；如黎錦暉編《留歐外史（第一輯上編）》，一九二八年首版發行，建國後一直没有再版，已很難找到。

綜上，"民國首版經典叢書"內容包羅萬象，涵蓋詩歌、小說、散文、紀實文學、史學研究、理學、文學研究等方方面面，所選皆出自名家、大家之手，或爲各學科奠基之作，或爲集大成之經典，或爲震動當時、影響深遠的傳誦之作，其中不乏流傳很少、極難覓尋的孤本，我們苦心孤詣，找尋到這些經典著作的初版本，原版影印，精裝制作，以饗讀者。

編　者

二零一四年二月

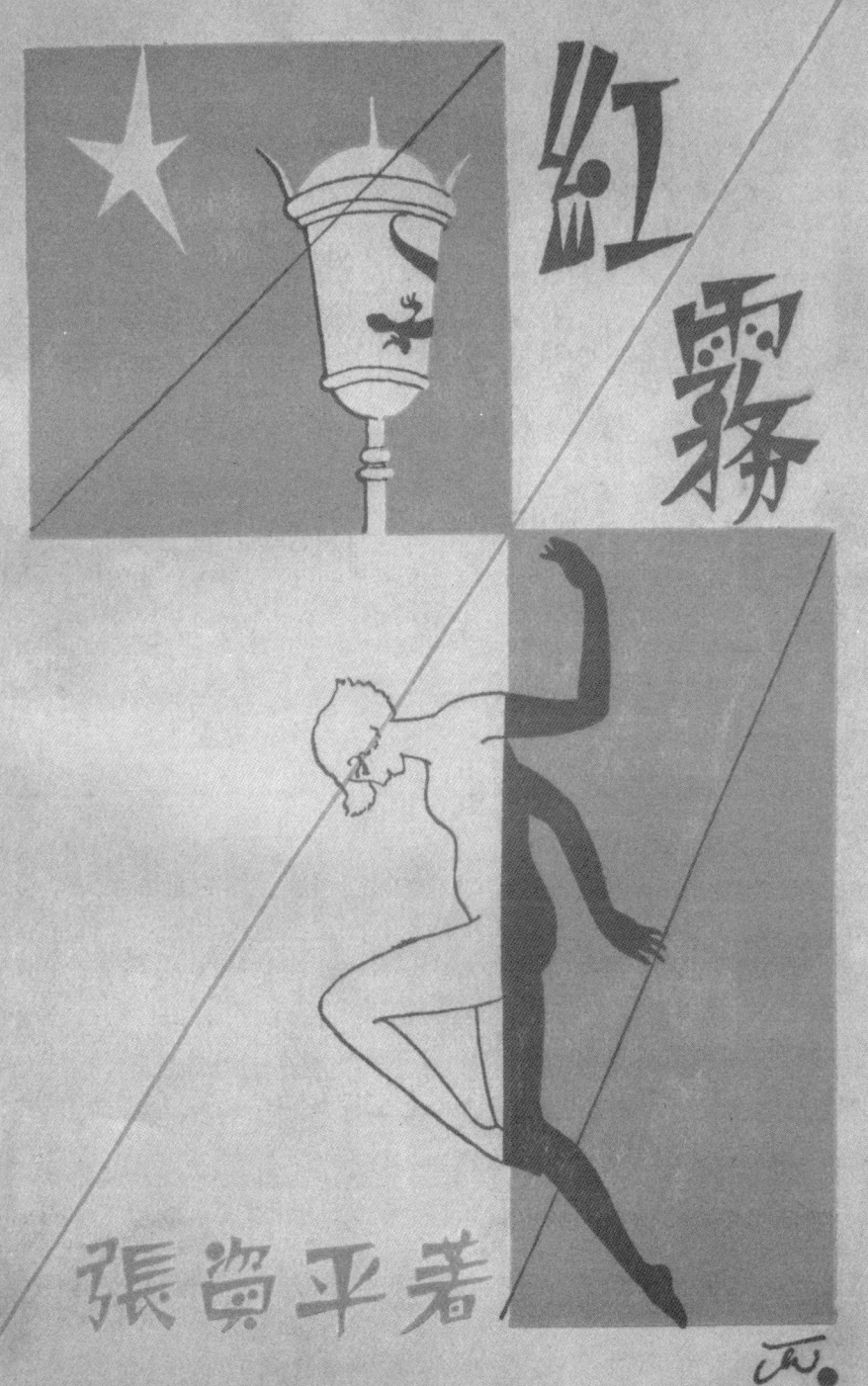

紅　霧

張資平著

創作叢書

上　海
樂華圖書公司
1930

1930. 9. 20. 付排

1930. 11. 1. 出版

版權所有

每冊實價洋九角五分
精裝實價洋一元三角
上海樂華圖書公司印行
批發部：四馬路太和坊
門市部：四馬路中市

(一)

　　麗君剛才打發運搬夫把行李運走了後，就發見還有一個網籃留在亭子間的一隅，給運搬夫漏搬了。她看見了後，半是無意識地輕輕地頓了頓足。
　　———糟了！怎麼處置呢？
　　她想網籃裏的東西本來不是怎樣重要的。兩個錫製的茶葉罐，一副今年由漢口出來，過九江時才購置的茶具，————個磁盤，一把磁壺，十個茶杯。————還有幾套半新不舊的衣服，只能留作家常服穿的，想全數送給娘姨，又覺得有些可惜，所以索性用幾張舊報紙包好裝進網籃裏，打算帶着走。此外有兩雙皮鞋，————一雙是高跟的，一雙拖鞋，和一個打汽爐。此外再沒有什麼了。

她想，因為這個網籃，特別叫汽車裝着走，有些不合算，但是像這樣一個重贅的東西，怎麼好提着搭電車呢，當然只有叫黃包車之一法了。於是她從窗口伸出頭來，望了望街路，但不見有一輛黃包車。站在亭子間中，她又歪了一歪首，祗一瞬間，她帶着幾分誇張的神氣，表示她很有決斷而且活潑，提起雙脚，噹噹地一直跑下廚房門首來：

"娘姨！快到馬路口上，………"

她又歪了一歪頭。

"做什麼事？"

那個年約四十多數的娘姨正在替她的小孩子們洗幾件小衣裳，聽見少奶奶有事差遣，便撩起衣角，先揩乾她的雙手。

"你趕快去叫一輛黃包車來！……馬上要！……"

"好的。"

娘姨不像她那樣緊張，很從容地踏出後門，站在街路當中了。

"娘姨！"

麗君又叫了一聲。

"…………"

娘姨頓着足望了望她。

"到北四川路去的黃包車要多少錢？"

"我從鄉裏出來上海，由碼頭上到親戚家裏坐過一次的黃包車，以後就沒有坐過車子，也是中國街上的，租界上的要比中國街上的貴些，大概至少要四五角錢吧。"

看着娘姨去後,她又走上前樓房裏來。雖然這次的出奔是下了很大的決心,但望着熟睡在床上的兩個小孩子,也不免有幾分心痛,無端地掉下了幾滴眼淚。

————自己還夠不上做女丈夫啊!已經下了這大的決心,還這樣酸酸楚楚的演出許多難看的醜態來做什麼呢?丈夫對自己完全無愛了。他之還在敷衍自己,不過是爲小孩子,想來利用我替他把小孩子養成長大吧了。誰還會這樣當傻呢!

她雖然是這樣地想着,但又禁不住在阿二和阿三的嫩頰上吻了一吻。阿三熟睡着了,不知道母親在和她作最後的接吻。阿二到底比阿三大些,並且是男的,給母親最後地一吻,便在夢中伸出小手來在他的小頰上拂了拂,他好像是當有蒼蠅停在他的小頰上。他向裏面一翻身,又呼呼地熟睡問去了。

——你俩醒来时，找不着姆妈，别哭啊！

她再歎了一口氣，又走到亭子間裏來了。

——最初聽了父親的忠告，何至於和這個男人結婚。近六七年來眞是忍聲吞氣，受了不少的罪。現在可不能忍耐了。自己只恨當時歲數太輕，又麻醉於自由戀愛的思想，沒有深思，只顧外觀，看見他西裝穿得漂亮，用錢用得闊綽，便給他騙上了。他只爲自己做了一套平常的衣服，便對他淡櫾淪肌般地感激起來，終於失身了。現在想來眞覺可笑，也覺可憐。………也不能單歸咎於他。自己也有錯處的。像自己和他那裏說得上是戀愛，完全是起因於自己的性悶煩。在那時候飢不擇食便和他勾搭上了。由是和父母決絕了。一生中，單只生我一個女兒的父母，現在怎麼樣了呢？也還是和七年前一樣，在鄉裏過平和的生活麼？

麗君思念到父母，又有些傷感起來。但是在她眼前幻現着的父母的影兒，眞地是一瞬間。她的思索仍然轉向到丈夫身上來了。

——二三年來，也不是不知道他的品行不端。第一因爲自己在這社會上是孤立的人了，——譬如有一次把自己的苦情向堂姊姊申訴，姊姊便歎了一口氣說："你們是自由結婚的，還有什麼話好說呢？"——無所歸依。第二是因爲小孩子的關係，儘去敷衍他，寬諒他，不和他計較。到了今日，眞是不能再敷衍了。他的輕笑的態度，明明像是在向自己說！"你這女人有甚能幹？能夠把小孩子撫養長成，就算是你的最大本領了！除此外，只乖乖地坐在家裏喫飯過日子就好了。丈夫在社會上做的事，也用得着你來管麼？"他是完全不把自己當做一個人只當自己是一副機械了。那我還能忍受麼？不向他反抗一下，他更會看不起自己了。

她正在沉思，娘姨帶着車夫走來了。她聽見娘姨在下面叫她，才覺着此刻眞地非走不可了，不禁又愴然地快要流淚了。

"叫車夫上來，把這件行李搬下去。"

她才說了這一句，便有些悲咽起來了。

車夫把那個網籃安置上車裏去後，便請麗君上車。

"大哥兒回來，你告訴他，媽媽過幾天就回來。你要好好地看着他們啊！"

麗君的喉頭早有些辣辣的，不能再多說什麼話了。

"少奶奶旅行去，幾天才得回來？"

"說不定，少則三天五天，多則一星期…………身體太壞了，不能不去休養幾天。"

她的後一句話又像是對她自己說的。

她坐進車子上去了，車輛開動了，她還聽見娘

姨在後面說，

"只幾天工夫的旅行，帶這些行李去幹什麼呢？"

接着還聽見她在後面呶呶地說了些話，但聽不清楚了。

車子走到街口轉了彎，麗君第四次翻轉頭來看時，已經看不見自己的房子了。她忙把一方小手巾擱在眼鼻之間，有幾次她眞想叫車夫把車子拉回頭了。

——還是那幾個小孩子害我苦了幾年啊！

當她坐的黃包車走到四川路橋上時，有兩名紅毛兵指揮着二三個中國巡捕要她下車來，檢查她的網籃。她恨極了，也後悔不該省幾角錢，不叫汽車。但到了這時候，也無辦法了，只好聽在異種的白人指揮下的同胞們的檢查和侮辱了！

(二)

　　八年前的暑假，麗君才十八歲，跟着父母到牯嶺租了一家西洋人的房子，在那裏度夏。
　　麗君的父親姓朱名伯年，是柏林大學出身的化學博士。伯年的性質非常頑固。因爲他的專門是化學，每遇着友人和學生，都高唱他的化學救國論。後來有一個學物理的友人忠告他說，
　　"單靠化學如何能救國呢？"

"那就改為理化救國論吧。"

"單提倡物理化學兩門還是不行的。"

"那,自然科學救國論是千眞萬確的了。"

像伯年一類的理化學者是這樣頑固的。所以他對於他的女兒的敎育。也是一樣地頑固。

一天在山頂起了濛霧,相距五尺,便看不見人了。朱博士一家人,當然不敢出去散步了。朱太太在她的房裏清理丈夫和女兒的衣裳。朱博士在他的書房裏準備下學期的講義。朱太太把衣服清理了後,便走到丈夫房裏來。

"又在編講義了麼?使人看見都頭痛啊!每年由春到冬,總是這樣東抄抄西抄抄,抄了十多年了,還抄不完麼?何不拿去出版呢?永久可以用作敎科。"

"你姑娘婆婆們懂得什麼!每年都要添加些新材料才算是好的講義。並且我這部講義是祕本,發表了後，我們靠什麼吃飯呢？"

"麗兒呢？沒有到這裏來過麼？"

朱太太不再談化學講義的事，想向丈夫提出女兒的事來討論。

"不在她房裏麼？"

"我去望了望來，沒有在她房裏。………"

朱太太說了後，又歎了口氣。

"外面這樣大霧，也出去散步了麼？"

"又出去了吧。…………"

朱太太想把自己的猜疑，————在昨天有幾分證實了的懷疑，————對丈夫說出來，又怕丈夫生氣，攪亂了神經，不能安心繼續編講義。

"她十八歲了，看她也無心讀書了，還是早點替她揀一個相當人家，結了婚了事。"

過了一會，朱太太這樣說着歎氣。因為麗君近三四晚都託辭到外面去乘涼，一直到更深後才回来。这只有朱夫人知道。博士只热心於翻化學書和编化學講義，全沒有心事理及女兒的事。

"陳鴻康最好，歲數雖然比麗兒長十二三歲，但這在外國是很平常的事。他的有機化學真學得好，畢了業叫麗兒和他結婚吧。明年冬畢業，還要等一年半，我也打算留這個學生在教室裏當一名助手。……"

朱博士含着雪茄微笑着說。他以為在這世界中最重要的一件事就是研究化學。至於男女婚姻，不過是在社會上發生的一件偶然現象，也是可以隨便配置的，最大目的也不過是維持種族而已，沒有什麼大不了的事。但朱太太則以為不然，她覺得在他倆間的最重要事件就是麗子的婚事了。

第二天的下午三點半鐘時分，麗君居然伴着一位穿瀟洒的西裝，看去和麗君一樣年輕的青年走了來。朱太太看見女兒這樣大胆地伴着一個男友嘻嘻哈哈地回來，心裏有點不高興。她原來站在正門的階段上的，看見他們從屋前的石路上轉進圍牆外門裏來時，便退回裏面去了，表示她是不高興看他倆的怪樣子。

他倆居然走進屋裏來了。

"媽媽！"

麗君一跳進門廊裏，就叫了她母親一聲。朱太太在裏面房裏雖然聽見了，但不高興回答。只當沒聽見。

"媽媽！"

麗君又叫了一聲，走近她的母親房門首來了。原來牯嶺的石橋的屋子，量積都很小，只要行兩步脚，就走夠了全屋的。同在一家小石屋裏。當然沒有聽不見聲音的，朱太太到此刻只好回答了。

"什麼事？"

"啊！我媽在房裏！"

麗君活潑地笑着拍了一拍掌，便伸出白嫩的左掌向外頭招一招。

"來！快過來！我替你介紹。"

她說了後，又向着她的母親說，

"媽媽，那就是李梅苓先生，在南京時我和媽說過的，現在他也到牯嶺來了。他說要拜候爹爹媽媽呢。"

朱太太便想起在南京時，麗君從上海女校回來，說認識了一個同學的哥哥姓李的，如何有學問，如何有見識，家事如何好。看麗君的樣子和意思，是十二分中意那個小白臉。她老人家正在沉想，那個小白臉李梅苓也居然大大方方地走到朱太太的房門首來了。

"朱伯母，好！"

他的音調非常之自在，臉上也一點不會紅，面貌又清清秀秀。這些又給了朱太太一個好感。她不能不略企一企身，回答他一個點頭禮。

"坐吧。……請進來。"

麗君和梅苓便同在一張梳化上坐下來。

"爹爹在用功麼？他想拜候爹爹去，可以麼？"

朱太太知道丈夫的情性頑固，便說，

"你爹此刻不得空吧。寫得正起勁的時候，攪嘈了他，又怕他生氣呢。"

梅苓聽見，很怡惆地便說，

"那末改天有機會時再拜候吧。"

朱太太和梅苓談了一會後，覺得他還不錯，知道他的父親是個上海相當的殷商，不過有七八兄弟，稍微差了一點。最後又聽見他在上海一家私立大學專門政治學。她想，這在博士是最難通過的一件事了。否，不得父母之許可，先和年輕的男性結交起來，已經是博士所最厭惡的。何況他老人的心目中又有一個陳鴻康呢。

在京時，陳鴻康常來他們家裏，又瘦又黑，穿一件竹布長袖子也髒得不堪。麗君每看見他來，都不十分理睬。當鴻康坐在博士的書房裏時，博士便會叫女兒過來說，

"像她們自由女學生那樣輕浮，交結男朋友是不可以的。但是也不可太拘謹了，該正大光明地出來交際交際，應酬應酬。陳先生在這裏，和你媽進來坐坐吧。"

"好的。"

麗君應了一聲，但在書房門首跑步般地走過去了。等了許久，也不見進來。

"年輕女子總是這樣害羞的。"

博士笑着對那個高足說。

"Ei, Ei。"

鴻康雖在表面上肯定老師的說話，但心裏却不以為然。因為他早聽見過人說，朱小姐麗君是再

活潑不過的女學生，在上海交結了不少的男友。

現在梅苔走了。朱太太把他和鴻康比較起來，學問程度之差如何姑且不說，問問自己的心，還是替女兒表同情呢。

（三）

次年晚春的一天。

朱博士由學校回來，精神十分疲倦，臉色也非常之不高興。當然，第一原因是近數天來麗君違反了他老人的意思，執意要嫁李梅苓，第二是學校的校長，因爲化學教室的經費問題，和他發生了意見上的衝突。

前星期，朱太太替女兒提出李家的婚事來說

時，博士眞可以說是達到了勃然大怒的程度了。

"你看那個紈袴子弟究竟有甚好處！貪他家裏有兩個臭銅錢嗎？"

"貪他年輕相貌好有學問呢。"

這是麗君的回答，雖然不是當着父親的面說。但她的父親間接地聽見了。

"無聊的東西！她如要嫁那個紈袴子弟，我就不認她是我女兒！聽她怎樣做去吧！"

博士氣憤憤地拍了幾次桌面這樣說。

朱太太看見今晚上丈夫那樣的不高興，不敢把女兒逃往天津去了的事告訴他，也不敢把女兒留下來的信給他看。只她一個人苦在心頭，暗暗地洒淚而已。

麗君差人送來的給她的父母的信裏雖說和梅荅到天津——在這時候因爲生意的關係，梅荅的父母都到天津去了，要過二三個月後才回來上海

——結婚去，其實他們還是在上海，在法租界源桃村分租了一家人家的三樓前房，一同住下來。雖未曾舉行正式的婚禮，但他倆早行了夫妻之實，整日整夜在享樂。知道他倆的住所的，只有梅苓的妹妹梅英。

朱太太到後來也聽見女兒並沒有到天津去，還在上海，不過生米已經煮成熟飯，無可奈何，很想將差就錯，成全他倆，要求他倆補行一個結婚禮。但看見丈夫爲女兒的事氣得差不多要發瘋了，神經有點錯亂，還是不敢把意見向丈夫提出。她一面要安慰丈夫，一面又思念女兒。朱太太的眼淚也只好向肚裏吞了。

自麗君走後，朱博士的夫妻生活眞可以把"晚景悽涼"四個字來形容了。

～～～～～～～～～～～～～～～～

麗君和梅苓的所謂新生活過了兩個多月了。

在未同棲之前，以爲將來的共同生活定有不少的幸福和快感。但過了一個月之後，彼此都覺得所謂性愛生活也不過如是如是，平凡得沒有一點奇趣。他們都在想：世間的鹽米夫妻所過的生活也是這樣的吧。怎麼我們的熱烈的戀愛不能發生一點影響，不見得比平凡人有更高的幸福和快感呢？過了兩個月後，他倆不單感着日夜無停歇的性生活平常，也實在有幾分嫌厭了。

還有一件事最使麗君傷心的就是催梅苓快舉月正式婚禮，向社會承認她爲妻。但他儘是推延，理由是還沒有畢業，父親不同意，只好暫時守祕密，並且他更進而笑麗君迂腐。

梅苓和麗君同棲半年了，她有時候感到寂寞，便會思念父母，思念母親更切。因爲有身孕了，梅苓又上學去了時，她更感着高度的寂寞。即令梅苓在家裏，但也不像初同棲時那樣熱烈地擁抱她了。

女子一失身於那個男人之後，她在那個男人，便不值錢的了。

還有一件事使麗君失望的，是共住之後，梅苓的經濟狀態雖不算頂拮据，但也不能像她所預期的那樣闊綽。關於她一身的裝飾，從不曾有一次使她滿足地恣意過。有時候想直捷地向他要求，但又担心他會嫌惡自己，說自己只顧奢侈，失了一家主婦的資格。到後來她才知道梅苓的父親是異常客嗇的，除供給他的兒子在學校中應需者外，是不多給一文的。他只能私私地向母親討點補助。

自有身孕之後，每朝晨對鏡時，麗君覺得自己的臉色一天一天地蒼黃起來了。她想，自己本來是發育過早的，現在和梅苓出去，已經有朋友說，自己比梅苓蒼老一點。這是何等傷心的事啊！一想到生育之後，萬一因爲色衰不能維繫梅苓之心時。……於是她在暗中又無端地悲楚起來。

涼秋九月的一天晚上，梅苓陪着麗君赴k劇場去看有名的"白楊劇團"上演"茶花女"。據梅苓説"白楊劇團"的明星有幾個是他認識的。

他們持有優待券，在離演台面前第五行的正中佔了兩個座位，K劇場雖然朽舊了一點，但舞台的裝飾和照明，因有導演者的指揮，算極適宜，不會像一般不熟練的新劇團那樣會促起觀衆的反感。

觀衆雖不算擠，但也不算少。麗君和丈夫在劇場裏約坐了半點多鐘工夫，幕裏面響鈴了。舞台前的樂隊也開始奏樂了。繡有埃田樂園圖——亞當夏娃的裸體像，——的緞幕面前，樂隊的 Conductor 在不住地揮動他手中的一根小竹棒。頃刻間，座席中觀衆的動搖靜止了。那面緞幕也漸漸地昇捲起來。

幕開了，第一場面是茶花女的應接室，女僕配唐拿着一枝鷄毛掃在灑掃檯椅。

"這就是有名明星潘梨花麽?怪難看的!"

"不,不是潘梨花。那是不重要的角色,扮茶花女的女僕的。"

梅苓笑着囘答他的imstress。

第二個登場的是某伯爵,坐火爐前和女僕談了些話,就下去了。過了一忽,主角明星登場了。全觀客不期而然地都拍起掌來。她從舞台的右側門上,觀客全體都凝神靜氣地把視線集中到那個茶花女身上去了。這種狀况不知道是何道理,却引起了麗君的反感。她當時便注意丈夫的態度。梅苓像給舞台上的茶花女施了催眠術,微張着嘴,雙眼直視着那個明星潘梨花。麗君看見丈夫的那個呆樣子,不禁起了一種似嫉妬的感情。

由頭至脚浴在彩色電光中的茶花女,戴着孔雀色的帽子,薔薇色的夜會服。(dress)肉色的長統絲襪,同色的高跟皮鞋,胸部掛着一朵鮮紅的茶花。"

"啊！真美麗！"

觀衆中的一陣讚美聲。

"果然名不虛傳！"

又是一陣讚美聲。

麗君再偸望丈夫的態度，他一聲不響，還是像剛才那樣凝神靜氣地注視着台上的茶花女，靈魂像給台上明星吸引去了。

"發昏了麼？"

麗君輕輕地推了推他的手膊。

"um,um!"

從梅苓的口角流下幾滴涎沫來了。大概是因爲開張口太久了的緣故。他忙拿袖口去揩了揩嘴角。

台上的茶花女把帽子除下來，擱在正中的圓桌上，像十二分疲倦地，投身到一張梭化上，半躺半蓋地坐下去。臉頰上不搽白粉，嘴唇上也不點胭脂，眞是天生麗質。五官配置得十分勻整。不是西施再世，在現代那裏還找得着這樣典型的美人呢。

"的確是個美人！"

過了一會，梅岑才說了這末一句。

"這就是潘梨花麼？"

"是的！"

"梨花"怪俗的名字。"

"她的原名不叫梨花。因爲她的肌色最白，——從沒有看見過有女性的肌色像她那樣白的，——所以叫她做梨花。……肌色之白，是美人的第一特徵啊！"

"知道了！知道了！我的肌色亦，夠不上給你賞識！你找梨花去吧！"

麗君酸酸地怨懟着說。

"潘梨花！潘梨花！"

麗君還聽見許多觀衆在低聲地念她的名字。她想台上的女性，眞是十二分的光榮了，——比南面王還要光榮了，怪不得現代的摩登女子都喜歡進劇團當明星呢。當了明星，有許多逐臭的男性來巴結！物質的享受雖窮奢極侈，也不怕無人供給。麗君在這時候，只恨自己缺少一副藝術的天才了。不然，可以把這些蠢男子玩弄於股掌之上呢。

　　她望望丈夫，他還在目不轉瞬地望着台上的茶花女。她再推了推他的手睁。

　　"um, um, um！眞好！"

　　涎沫又快要從口角流出來，他忙用袖口止着牠。

(四)

　　那年冬，阿大出生了。因為有了小孩子，麗君更罕得陪着梅芬出來社交和遊樂了。梅芬也在私立法科大學畢了業，在交涉署裏，藉父親的後援，獲得了一個掛名祕書領乾薪的位置。於是他每日藉名辦公，朝出暮回，十分忙碌。就連星期日，也說有許多應酬，上午雖然在家，但下午以後一直到夜間十二點前後，決不會回家裏來的。這常使麗君獨坐家中，暗自洒淚。

有一次的夜間，梅苓在臨天亮的四點多鐘才回來。麗君因為担心着他，並且小孩子啼啼哭哭，也終夜沒有睡。等到梅苓回來，她略詰問了一二句，不提防梅苓竟作色起來了。

"那才笑話！堂堂一個男子是單為妻子做奴隸的麼？你要這樣地禁錮着我，那就彼此離開好些。社會上還有許多事情等着我去幹呢！和外國人打交涉，也要拖着妻子一同去麼？"

麗君給丈夫這末一叱罵，便語塞了。她只有用她的最後的武器，嗚嗚咽咽地哭起來了。梅苓不理她，他倒在床上，便呼呼地睡着了，只留麗君獨自抱着嬰兒，眼睜睜地到天亮。

——戀愛結婚的結果是這樣的麼？

她常歎息着這樣地想。

過了新年在麗君還是過一樣平板的酸苦的生

活，而在梅苓則一天甚一天地在外面過他的耽溺的生活。他倆的家庭中，雖在盛夏時節，也像水晶宮般，冷冰冰的。

到八月初旬，氣候最炎熱的時期，梅苓的父親染了霍亂症，一病身亡了。梅苓是相續人，便繼承了一切財產。故父親之死，在他並不感到半分的悲痛。老實說，他還有幾分希望父親能早日死呢。現在居然達到了目的了。

梅苓現在承續了父親的財產，有揮霍自由的資金了。由金之力，一月之後，他便升任爲交涉署的科長了。在麗君對於丈夫的升官，本該歡喜的，不過看見丈夫近來的放浪的生活，她只覺得這是可弔而非可賀的事情。

涼秋九月的一天，法國領事舘爲該國的一個紀念日，舉行園游跳舞會。梅苓夫妻當然也在被招待之列。

现在梅苓需要他的夫人同伴了。

"法國領事招待我們,你去麼?"

社會都知道麗君是梅苓的夫人,他當然不敢伴別的女性同赴法國領事的游園會,怕惹起人家的惡評。

"我不想去。誰還有這樣的高興!"

但經梅苓再三的要求,麗君還是跟著丈夫出席了。

法國領事署的跳舞廳裏擠着不少的來客。麗君雖然遇着不少的熟人,但只是點點首招呼,鼓不起興氣來。

"儘是這樣愁眉不展是不對的。做外交官的夫人,要活潑些,要多交際。"

梅苓低聲地在教訓他的夫人。

"我的性質是這樣的,不善交際,有甚辦法呢?"

麗君坐在廣廳的一隅，心裏只思念着家裏的小孩子，雖然交託了乳母，但總是有點掛慮。

音樂隊開始奏樂了，跳舞會開始了，一刻間電燈變成紫綠色。二三流的來客便一對對地在跳舞起來了。

麗君在無意識地看他們跳舞，心裏總是不高興。正在沉思間，翻轉頭來一看，原坐在自己傍邊的丈夫梅苓，不知跑往那裏去了。當然，這是給她一個很大的打擊，她幾乎想流淚，但忙極力地忍住了。

——這正眞是豈有此理！要到什麼地方去，也得告訴我一聲！⋯⋯大概是自己今晚上過於冷淡了他吧。⋯⋯算了，算了，不必理他了！他已經對自己有些變心了的，還顧得這些形式上的事體嗎？

於是她望了望全廳裏的來客，也不見有丈夫的影兒。她想，或許是上司來了，他走去伺候去了吧。聽說財政當局，外交當局，幾個大人物今晚上都會到會呢。」

她又看見許多穿着禮服，手裏拿着高帽子的來客，聚在一張桌子的周圍，在談論前方的戰事消息。

麗君坐了一會，見丈夫還不回來。就想一個人先叫汽車回去，索性不理他了。她站了起來，從廣廳的一個側門走出，便望得見一個大花園。麗君給晚風一吹，雖有幾分怯寒，但想吸吸新清空氣，醒醒頭腦。她在一叢矮木林傍邊走過去時，忽然聽見那一邊的櫻化椅子上有人在坐着談話。

"你說那個小白臉麼？"

一個女子的聲音。

"是的。你認識他？"一個男子的聲音。

"交涉署的祕書長，是不是？他姓李，至於名字，我記不清爽了。"

"不錯，他是個美男子。但是他的品行頂壞，眞是個逐臭之夫，到處偸鷄吊狗。"

"管他品行壞不壞，我又不是想和他結婚。"

"他對你說是祕書長是騙你的話，他不過是個不重要的科長。"

麗君聽到這裏，知道他們是在評論她的丈夫，很想看看，到底那一對男女是誰。她便在路口的一株大樹後躱着，專等他們出來時，偸看看是那一個。

"我要到跳舞廳裏去了，有話改天談吧。"

那個女人又在對那個男子說，聽得出她是有些討厭那個男人。

"我跟着你去。今晚上至少你要和我跳舞一次，這是你前天和我約好了的。"

"你這個人何以總是這樣討人厭！又不會跳舞，拉拉扯扯的，扯得人難爲情。你還是囘你們隊裏去拿鎗桿子吧。"

他們走出路口來了。那個女子先走，麗君認得她是潘梨花。至於跟在她後面的是個又高又胖的黑臉大漢，雖然穿着西裝，但是可以看出他是個武傢伙。麗君不認識他是那一個。看他們的情形，並參考他們的會話，她不難推知丈夫已經和那個潘梨花有了相當的關係，而這位武傢伙是在和丈夫爭風的一個。麗君在這時候的心理，一面恨梨花，一面又對那個黑臉大漢表同情。

麗君懶懶地回到跳舞廳裏來時，來客在魚貫着走向食堂那邊去。她因爲找不着丈夫，不知道跟着大家進去好呢，還是不進去好。

"你跑往那裏去了！"

麗君聽見梅苓在後面喊她，忙翻轉頭來看。梅苓氣喘喘地趕到她面前來，拉着她的手，並着肩走到食堂裏來。

"我要問你，跑到什麼地方去了！"

麗君不輸服地反駁她的丈夫。

"總長來了，不該去伺候嗎？中國有一句俗諺，"要肉吃，俎邊企。"如果想圖功名利祿，非競爭着和上司接近不可。"

"你們做事！專爲一身的功名利祿嗎？不是爲革命，爲社會，爲國家麼？"

"現代的中國智識份子，那一個不是這樣想呢？"

"爲個人生活，我們好好地經營生意不是夠了麼？何必出去做官呢？希望你出去做外交官，是想你能夠爲國家盡點力。你只問你有無能力，你不必去演那種醜態，在上司面前和同僚爭寵！縱令你能爭寵於一時，但你的能力和你的權貴階級的思想還是限制了你的事業，結果只是當一個技術人材而已。中國的政客盡是近視眼的，沒有一個能看到十年以上的將來，而只汲汲於自己的虛榮權力！此即中國之所以二十年來的內亂不息的大原因！"

"算了吧！你這個姑娘，懂得什麼！也在瞎說起政治來！"

"那，你們從事政治，是專爲個人的功名利祿了？"

"當然！位置只是一個的，不互相傾軋，互相競爭，怎麼能得到手呢？誰多接近上司，誰就多得機會上進。幹政治工作，第一要黑良心，你稍講一點良心，便會給人暗算的。"

"那你時時刻刻都要拚命地鑽營了？"

"當然啊！還要時時刻刻向多方面討好，使多方面都能信任自己，不受任何人的反對，就容易出身了。"

"我竟沒有想到你是一個這樣卑鄙可憐的人！八面美人或許是處世祕訣之一，但是不受人排擠、不受人攻擊的人，能做偉大的人物麼？我到今日才知道你這樣不長進，這樣無恥！"

梅苓給老婆罵得不會辯駁了，最後只說了一句，

"不要多嘴了，宴會的時候。"

他倆在指定的席次坐下去了，就看見法國領事站了起來致歡迎詞。來客盡都鼓掌起來。法國領事講完了後，有一個中國人起來譯成英國話，後來又有一個中國人再把它譯成中國話。其次是某總長和英國領事的英文答詞，却沒有人把它譯成中國話了。最後是日本領事站了起來，咭柯咭柯地說了一大篇話。有許多西洋來客和中國來客都在打呵欠。在日本領事附近坐着的一個矮胖子，便睜着圓眼恨恨地注視那幾個打呵欠的中國人，對於西洋人他却不敢。日本人的愛國心到處都是這樣地表現出來的。日本領事蹙着眉頭，把謝詞念完了後，坐下去了。一個日本人便站起來，也把它翻成英

國話，居然博得了大家的鼓掌，但不像最初幾次的那樣起勁了。

宴會完了後，大家又湧到跳舞廳裏來。有些男客分散到吸煙室裏去，或花園裏去。他們不是為逐艷，便是為鑽營。大多數的男女還是在熱心地跳舞。

(五)

麗君坐在一隅，真猜不出潘梨花以什麼資格也在被招待之列。她想問問丈夫，因她深信他是能夠熟悉梨花的事情。但在這時候，梅苓說總長要走了，須得去伺候送行。麗君知道了丈夫的做官主義後，也就不再去干涉他了。

"等我當公使時，就帶你到外國去，你也該把跳舞學好一點。"

這雖是梅苓從前對她說的笑話，但麗君當時也眞地抱了幾分希望。但由今晚上的情形看來，自己是無望的了，也覺得是不希罕的。

她坐了許久，仍不見丈夫回來。她正在沉想忽然給一陣激烈的鼓掌驚醒了，忙抬頭來看，同時聽見左側右面的人在喊：

"潘梨花來了！"

"梨花的跳舞最好！"

"看他和那個美少年跳得多好，多熟練！"

麗君跟着他們的視線望去，果然看見潘梨花，因爲她的半裸體的裝束，容易認出。但是一看到她的Partner，麗君差不多要失神地倒在地面了。

梨花的一雙霉白的臂膀全露出來了。除了左腕上兩個痘痕之外，眞可說是白璧無瑕。一雙腕上帶着幾副金釧和眞珠釧。胸部和背部的上半節也全露出着，尤其是高高地聳着的雙乳，隱約可以窺兒。青春的熱血就在這雪白的胸脯裏面在奔湧，她真是有魅人之力！像她那樣的蠱惑性，那個男性不會陷進去呢！麗君看見梅苓的白綢襯衫緊緊地觸着梨花的乳峯，他的隻膝也時時抵着她的臍下的部分。麗君再不能忍耐了。

——這是一種莫大的侮辱！走吧！走吧！非和他離婚不可了！

麗君這樣想着，同時希望來客們不認識自己是梅苓之妻就好了。但是事實上剛才已經遇着了三五位女友，都是認識她和梅苓的。於是她希望不要再會着那些人。

Orchestra演奏得愈熱烈，同時跳舞的人們也跳得愈熱烈。青年的男女們都是週身環流着熱血，精神也十分的興奮，許多沒有Partner的男女都站起來物色對手。麗君只有獨孤地坐在一隅悲歎自己的無能及可憐。

他們跳Blues了。女性的高跟皮鞋和地板相擊觸的聲音更加誇張的響亮。這更加引起了麗君的反感。那些在跳舞中的女性，個個都一面跳一面哈哈地笑。但在麗君總猜不出她們好笑的理由來。有些卑野的男子，乘對手的女性張開口笑時，便伸嘴前去要求接吻。這使麗君看見，更覺難堪。

　　麗君想不看梅苓和梨花，同時又禁不住要偷望他們。她的視線和梨花碰着了。梨花像知道她是梅苓的妻，故意表示出一種不莊重的笑容。麗君忙背過臉，歪了一歪嘴唇，也表示對她的輕蔑。但她自己還是這樣地想：

　　"她雖然卑鄙，但今夜裏的勝利確是歸她了。"

　　麗君的胸中像燃燒着般的焦燥，也感着侮辱。她有幾次都昂奮起來，想取自由的行動，找一個年輕的男性作 Partner。

　　在暗綠色的電光之下，不住地在擺動的男女

之羣，裸露着的豐滿雪白的臂膀，裝飾着金剛石和眞珠的頸項，由頷下達到乳房邊裸袒出來了的桃色的胸脯，五光十色閃爍着的衣裙，腕和腕互相攬絡着，膝和膝互相摩擦着，嘴和嘴也互相接近着，彼此互聞得着呼吸，互感得着胸裏的鼓動，受着音樂的Rhythm的翻弄，青年男女們的肉以敏捷的感覺在戰動，同時他們的血也以急激的速度在奔流。

一個剛從某私立大學出來的漂亮的文藝青年耿至中今晚上也在被招待之列。他的父親是銀行界的鉅子，因爲年老了，法領事知道他不能來，所以加招待了他的兒子耿至中。

麗君在學校念書的時候是常常和耿至中在各種集會上見過面的，兩人間的交情早達到有說有笑的程度了。麗君原來很愛他的，無奈耿至中的性情豪放，不耐心於追逐專一的女性，和她講愛情。他對女性是主張合則來，不合則罷的主義，而麗君是有幾分頑固，主張男女間之交際是要先經過一定的期間，察看相互間性情能吻合否，然後進行第二步的工作。

"算了吧。你不中意我，算了吧。我只問你，你每天定要跑到我的寓裏來坐半天不走，不算是有愛情了麼？若你只想叫我花花錢，你可以享享樂，那你這個女人就不堪了。……"

因爲至中和麗君的情性在這一點不能相一致，所以她另又找着了梅苓。自梅苓進了交涉署當職員，她便覺得梅苓確是比至中能幹，遇着至中時還把梅苓進交涉署的事提出來說。至中只嗤之以鼻。因爲至中知道他倆都是虛榮心重，而說話行動又多是不由衷的。

今晚上她又看見了他。她此刻才相信至中比梅苓率直，也比梅苓誠懇。從前思慕至中的感情又不禁悠然地抬頭起來。她看見至中比暑假前清瘦了些。"

"啊！你一個人坐在這樣暗霏霏的地方做什麼？梅苓和那個女優跳得正熱烈呢。"

他在麗君的面前走過時，很恭敬地向她鞠了一鞠躬，帶嘲諷的口調說。說了後便和她隔一張小圓桌對坐下來。

"……………"

她不禁雙頰緋紅，半晌沒有話說。等過了一會，她略抬了抬眼睛，恰和他的視線碰着了，她才知道他在熱心地不轉睛地注視她呢。他笑了，她也笑了。

"你想跳舞麽？"

"怕跳得不好。………你呢？"

"我想跳，但是找不着適當的。Partner。"

"那邊不是坐着許多小姐們，你可以隨便去找一個。"

"不容易。"

"爲什麼?"

"有的不會跳,有的不願意和我作伴,有的太醜了。……"

她笑起來了,聽見他也在誇張地高笑起來。一大部分的來客的視線都集中到他倆這邊來。她感着不好意思,但同時又希望能夠給梅苕看見,也算是復了讎。他還在繼續說,

"小姐們少有大方的,跳舞起來總是忸忸怩怩。我最喜歡找一個有了丈夫的年輕的漂亮的 Mistress作伴。……"

"啊呀!"

麗君有點神經過敏,忙歛了笑容,叫起來。在這瞬間,她才感着自己愛丈夫之心還是不可侮的。同時她總懷疑,至中之心是對她不正。

音樂和跳舞可以說熱烈到白熱的程度了。青

年男女們互相擁抱着，或喘着氣息，或低聲細語在迴旋。尤其是女的都像是完全失了神，一任男的擁抱着狂奔。

Fox—trot是挑撥的淫猥的。但是大多數的青年男女們都歡迎這種跳舞。看着他們的狂熱的態度，麗君更加興奮起來。丈夫儘留戀着梨花，並不回到自己這邊來，挑引了她不少的反感，同時音樂和色彩對她也是莫大的誘惑。

隔着一張小圓桌，她的手腕不知在什麼時候給至中握住了。

"我們也去跳一個Foxtrot吧，趕快！"

"我跳得不好。"

她臉紅紅地微笑着說。

"不要緊，我摟着你跳，你跟着我的脚步走就可以了，"

"............"

她斜睨了他一眼,但是無力拒絕了。

——也好,給梅苔看看,復一個讎,消消氣。"
他倆互相擁抱着像一個渦卷般流進大隊的跳舞羣中去了。麗君覺着四肢軟癱得動彈不得,只雙手攀着至中的肩膀,隻手握着他的腕,--任他緊摟着,像在半空中迴旋。他給了她不少的刺激,熱烈的氣息,有刺戟性的香氣,胸部的壓抑,腰部的撫摩,膝部的抵觸。

"討人厭!"

麗君高聲地罵他,但給音樂壓着了,沒有人聽得見。縱令有人聽見,這在跳舞場中也算是很平常的一件事。

"有甚麼要緊。梅苔對梨花怕還要更熱烈呢。"

至中只是傻笑。過了一會,他再抽脫他的隻手,摸了摸她的胸部。

"討厭鬼!"

她再苦笑着罵他。

"我們爲什麽要跳舞？"

"不知道！"

她裝出惱恨的神氣。

"告訴你吧，跳舞是促進我們間這類的感情的。"

跳了一會，他倆囘到座邊來休息。大概梅苓還沒有注意到他倆的跳舞，不見回來這邊看她一看。

大概是夜深了的關係，在跳舞中的青年男女們的動作更加激烈，更加露骨了。第二次麗君和至中再跳了一個 Waltz。這趟。麗君的動作比較能自主了。因爲她的 Waltz。跳得最熟練。但是至中像吃醉了酒般地，對她的動作比剛才更加不客氣，更加露骨了。他不時伸嘴到她的頰邊來，但每次她都躲開了。

"大家都說，你專做這類的工作,進行不負責任的戀愛,有的事麼?"

她紅着臉笑問他。

"誰說的？這些有閒階級的青年吃父親的飯，穿父親的衣,專愛造別人家的謠言。"

"不管是不是他們造你的謠,你自己謹慎一點好了。"

他倆又回到座邊來休息,喝着汽水談戀愛問題。

"你還沒有找着對象麼?"

她喝着汽水問他。

"失掉了你之後，就沒有比你更理想的女性了。"

至中笑着儘注視她的臉。她不好意思,忙低下首去。

"不要太客氣了。高帽子戴不起!"

她苦笑着囘答他。

"你不要懷疑我此刻對你有什麼野心。我也不是奉承你。我的話是由衷的。在你未結婚之前，不覺得你是怎樣好，但到現在，又覺得你是個相當的女性了。"

"…………"

她此刻再抬起雙眼來注視他了，她起了一個懷疑。

——他說不是對我有野心，怎麼剛才的動作又那樣露骨那樣激烈呢？對了，他不是眞心地在精神上戀愛我，他只想誘惑我，一時利用我的肉。一般的朋友都這樣地批評他，專逞貌面漂亮，零零碎碎地去追求許多女性的肉。他是有名的色魔！

她這樣想着，忽然又對他警戒起來。但是剛才受了他的肉體的接觸，她的精神上和生理上都起了動搖，又覺有幾分捨不得他了。

"再去跳一個Fox trot吧。"

至中拉着她的手掌,要求她起身。

"不行了,我疲倦極了,讓我休息一會吧。"

她的雙腕按在小圓桌上,她的臉伏在臂腕上了。

在這瞬間,梅苓走回來了。他臉色蒼白地沒有半點笑容,望着至中點了一點首後,便聲音辣辣地質問他的妻。

"伏在桌子上做什麼?"

"有些頭痛。"

麗君不抬頭,只回答了這一句。

"頭痛?怎麼又跳舞得這樣高興?"

"你一個人太高興了,我便該寂寞的麼?"

她仍然是伏着不抬起頭來。他聽見他的妻的泣音了。他再回首來望望至中是怎樣的神氣,看見至中一個人在獰笑,他心裏更加冒火,很想痛罵至中幾句。但因自己先有了弱點,同時也怕在大庭廣衆之中,失了體裁,忙忍住了。

"頭痛得厲害時,我先叫汽車送你回去怎麼樣?"

"你呢?"

她仍然伏在桌子上說。

"............"

他再望了望至中,至中又在獰笑。

"我們一路回去吧。"

梅苓像下了決心。他待想叫麗君再等一忽,好讓他去向梨花告辭,忽然聽見有一個女人在後面叫他,他聽見就戰慄起來了,像觸着了電氣,忙翻轉身來。

"mr.李,和我再跳一回 Fox trot 吧。就想回公館去了麼?"

麗君聽見丈夫能夠和她一路囘去,稍爲轉了

一轉心，有些歡喜了。但剛抬起頭來，忽然看見梨花，身體又不住地戰抖起來了。

（六）

梨花的奇突的態度不單使梅苓夫妻發生了驚異，就連至中也有些意外。于是他再次獰笑起來，走過去和梨花握了握手。

"Miss梨花，我們可以跳一個Fox trot麼？"

至中說了後又笑着看了梅苓一眼，不等梨花的回答，隻手便搭在她的肩上了。梨花忙躲開身。

"有什麼要緊呢，跳一回吧。"

他仍不肯離開她的身傍，他看見梅苓臉上再表示出一種嫉妬的神氣，

"不和你作partner！我要和mr.李跳！"

梨花儘望着梅苓的臉。麗君看見這樣的情形，才覺着自己的丈夫比至中漂亮。她眞担心丈夫再給梨花爭了去。

"不早了，要囘家去時，趕快一點。不然，我一個人先走了。"

麗君怨懟着對梅苓說。

"怎樣？就想囘家去了麽？再跳一囘 Fox--trot 吧！"

梨花嘻笑着對梅苓說。

梅苓的臉上紅了一陣，但一刻間又轉成蒼白。麗君的眼睛裏燃着恚憤之燄，同時雙唇不住地顫動。只有至中一個人站在一邊獰笑。

"不跳舞麽？"

梨花捉着梅苓的手不放。梅苓的臉色像死人般地蒼白了，

"你……你…你是…那…那…那一個？"

麗君氣得說不出話來了。

"啊Mrs.李，你不認識我麼？我却認識你呢。我是潘梨花，Mr.李的好朋友。——我們只做好朋友，沒有什麼不可告訴人的事啊！你可以和mr.耿跳Waltz。——你的Waltz真跳得好。我也可以和Mr.李跳個 Fox-trot 吧。"

麗君給梨花這末一說，氣得臉色由紅轉紫，由紫轉黃了。

"Mr.李要陪他的太太回公館去了，還是讓我和你跳一回吧。"

至中故意這樣說，說了後，又看看梅苓的臉色。

"你也和耿夫人跳一回 Waltz，再回公館不

遲的。"

　　至中再以冷諷的調子說。

　　梅苓待想說什麼話，但頸項給梨花攬住了。他想掙，怕失了梨花的歡心，以後便無從問津了。答應和她再跳一回，又覺得對麗君不住。

　　Orchestra愈奏愈熱烈了。跳舞的青年男女們一對對地像走馬燈般在迴旋。

　　"再等十五分鐘回去吧。"

　　梅苓翻轉頭來苦笑着對麗君說。他的話還沒有說完，已經給梨花拉進人羣中去了。

　　"…………"

　　麗君氣得一句話不會說，喘着氣走出跳舞廳外來。

　　"我們再跳一回Fox trot不好麼？"

　　至中跟着她走出來，但她不理他了。

　　領事館的招待員和看門的看見他們出來，很

恭敬地行了最敬禮。

"眞地要回去麼？"

至中再誠懇地問她。

"不走幹甚麼？"

她怒斥他。

"那我送你回去。"

他說着叫他的汽車夫，把一輛精緻的小汽車駛了過來。她也不管是誰的汽車了，車夫把車扉打開時，她就走進去了。

他倆坐進汽車裏後，汽車開動了。

"馬上要回你家裏去麼？"

"不回去幹什麼？"

她冷冷地回答他。

"我們到什麼地方去頑頑好麼？"

他並不知道她有滿肚子的氣沒有發洩，他眞是不識時務。

"到什麼地方去？"

"Mr.李今夜裏決不會回家的。我們到旅館裏去，……"

他摸着了她的手掌，把它緊握着，低聲地說。

麗君在這時候胸裏的血潮正在以最大波幅在激振。一羣跳舞的男女們還在她的眼前旋轉。梅芩和梨花相擁抱着跳舞的姿態也十二分明瞭地在她眼前跳躍着。他倆的腕和腕，脚和脚，胸和胸的接觸也是活現的。

——丈夫早給她佔領了！

她正在煩惱着這樣想時，不提防至中露骨地握了她的掌後又來摸她的腿部。她正惱恨得沒有洩氣的地方，聽見至中要求她到旅館裏去，便借題發揮了。

"放屁！快停車！我走路回去！"

她摔開了他的手。

"不去就算了，何必發氣。"

至中屈了屈腰，像跪着哀求她不要生氣。

"你眞是全無廉恥！"

她再罵了他一句。

"不要罵了，我送你回家去就是了。不過，麗君，你要記着，假如日後梅苓和你不能相容時，你要來找我，我可以替你想辦法啊！"

"放屁！我個人的事我自會處理，我決不求人。"

至中再沒有話說，只一直送麗君回到她家裏去了。

麗君回到家裏，望着睡在小床裏的阿大，流了好一會淚。她深信丈夫是給那個婊子梨花佔領去了。想他今夜裏回家來是絕望了的。

由梨花便想連到至中曾告訴她在法國領事館裏看見的，追求着梨花的軍人是怎樣的人。

——梨花所要的不是金錢麽？怎麽堂堂的一個師長都不能打動她的心，反死咬着一個小小的交涉署科長不放呢？

于是麗君又連想到那個師長一個人坐在一張小桌子前，沒有人理會他。大概他是不會跳舞，不然就是沒有女性願意做他的partner。他只坐着連用他的鼻孔去呼吸，呼空氣時鼻孔便擴張起來，吸空氣時鼻孔再收縮下來。

據至中説，他姓楊。前方正大打仗，怎麽他還有這樣的空閒呢？他也是醉心于梨花的一個，並且很嫉恨梅苓。至中還説，怕梅苓將來要吃他的大虧，因爲在現代的中國軍人是佔有絕對的權威，誰也不敢抵抗他們的。誰和軍人爭風，就是在老虎頭上捉虱子，不知死活。

麗君想到這層，又有幾分替丈夫担心。

——他心裏早沒有我了。怎麽我還是這樣地

思念他呢？

麗君再傷心起來流淚了。

她聽見屋外的汽車音，知道是丈夫回來了。她想，自己原不希罕他回來的，怎麼聽見他的汽車音，胸頭又會有幾分鬆解下來呢？

梅苓走進房裏來了，麗君自己也莫明其妙，一接着丈夫，更傷心地哭起來了。

"算了，算了。我不是回來了麼？不過在交際上逢場作戲吧了。你千萬不要多心。……"

"…………"

但是麗君不理他。

"她是有名的交際明星，認識的要人很多，不能不和他敷衍敷衍。你當真我是愛她，那是你錯了的，"

經了丈夫多方的勸慰，她才止了哭。其實在這樣的狀態中，除和丈夫妥協外，實在也沒有別的辦法。

　　——做個 Nora 吧。……不,不,不,還不是個時機。

　　女性到底是女性,終于屈伏了。她不能不信丈夫是和梨花沒有特別的關係,縱令不能信,她也要強迫着自己去信。但她所懷疑的,在她胸裏,還是作一種疑點存在着。

(七)

因為阿大有乳母看護,到了次年秋,阿二出生了。同樣,到了第三年冬,阿三也出生了。荏苒光陰,到了今日,阿三也滿二週年了。

在這四五年間政局變化了幾次,梅苓的鑽營術也日見日進步。現在居然在京裏外交部做什麼司長了。當然,他的政治上的地位是由金錢造成的。他的官運雖然日見亨通,但在上海的他的生意，因無人監督，却一天一天地不振，到後來，都歇了業。梅苓終於成了一個Salary man了。他的收入雖然不少，但是他的放浪，還是和從前一樣，所以入不敷出。麗君抱着三個小孩子在上海的生活，僅靠所管業的一家店子的租金百餘元維持了。故麗君在最近的生活是非常痛苦的。

像這樣的夫妻問題，在現社會是再平凡不過的。不過在麗君，却是件很重大的問題了。又她曾間接地聽見梅苓對傍人說，

"那裏！說不上離婚不離婚的問題。我最初就沒有和她舉行婚禮。在法律上還不能算是正式的夫妻。在那時候是情人制最盛行的時代，我和她只是一對情人吧了。打倒夫妻制，擁護情人制，是當時青年間——不分男女——的口號。她自己也是贊成的。現在我和她之間的愛情，經過了性的接觸之後早冷息了。我們不算是夫妻，也不算是情人了。

各人都有隨便行動的自由。"

麗君自聽見丈夫有這樣一番的議論，便悔恨誤聽了當日浪漫的廢頹的青年男女的邪說，沒有和梅苓正式行個婚禮。現在想從法律上向他要求點生活保障費都不可能了。抱着三個小孩子，今後怎樣處置呢？小孩子一天天地長大起來，所需的教育費也就增加起來，麗君眞是在受難期中了。

"豈無父母在高堂，……今日悲羞歸不得。……"

麗君想，白樂天這段詩，大部分是爲自己寫照了。于是她垂着淚把那段詩反覆吟哦了一會。

"……妾憑短牆弄靑梅，

　　君騎白馬傍垂楊，

　　牆頭馬上遙相望，

　　一見知君卽斷腸。

　　知君腸斷共君語，

君指南山松柏樹，
感君松柏化爲心，
暗合雙鬟逐君去。
到君家舍六七年，
君家大人頻有言，
聘則爲妻奔是妾，
不堪主祀奉蘋蘩，
終知君家不可住，
無奈出門無去路。
豈無父母在高堂，
亦有親朋遠故鄉，
潛來久未通消息，
今日悲羞歸不得，
爲君一日恩，
誤妾百年身！
寄言癡小人家女，

慎勿將身輕許人！"

麗君愈念愈悲傷，忽然聽見老媽子來報有客來了。

"是誰？男的？女的？"

她這樣問娘姨。因為至中約了她，今天會來看她。她雖然不能十分贊許至中對自己的行動，但自己近來確實是太寂寞了。梅苓差不多半年來沒有回來上海。新年回來時也只住了二晚，但只有一晚上和她敷衍過來。在她本不希罕的，但又不能拒絕。兩人間的情感還趕不上三四十度的水溫。近來至中較常來看她了。她斷定他是抱着野心來的。但看他又不是怎樣有熱烈的表示。所以麗君最近對至中的感情是有些希望他有熱烈的表示。同時又有些害怕他會有熱烈的表示。總之，她近來是心煩意亂，焦燥不堪，的確有些像熱釜上的螞蟻了。

"是朱太太，楊太太，馬太太三位。"

這是娘姨的回答,說得麗君也笑了。

"還有牛太太,稽太太沒有呢?"

"真是這樣地湊巧,她們一同來了。"

"請她們上來吧。"

麗君一面說一面把睡着了的阿三安置到搖床裏去。

三位夫人高聲響氣的跑上樓來。她們都競爭着向麗君說客氣話,像禮拜堂裏的合唱混淆起來,麗君反一點聽不清楚了。

最胖的朱太太在鐵絲床上坐下來,鐵絲床登時起了振動,一瞬間凹陷下去。朱太太的屁股就像坐進一個窟窿裏了,她每到人家裏,都喜歡坐到人家的床上去。大概是因為一般的椅子太小了。承不住她的胖體。一般人對于這個矮胖者的批評是女作男權,有鬚眉氣槪,身體強健。他對於前者雖然接受,但對於後者她却不承認。她說,她每月不服當歸北蓍熟老雞，她便不能行動做事。

其次是楊夫人，身體瘦小，每說起話來便像要哭般的，這是她的特徵。譬如，"啊不得了，""啊要命死了，"就是她的口頭禪。又如有朋友問她，

"是新製的衣裳麼？滿漂亮呀。"

"你不曉得，眞的是沒奈何的，一件衣裳都沒有了，所以借了十多塊錢來製了這一套。"

這是楊太太的回答；因此她便得了悲觀論者的綽號。

最後的馬夫人是短小精幹，口才最好。她原是性情率直，愛做抱不平的人，常常不惜犧牲自己去代人努力。但因多嘴的關係，反有許多人不喜歡她。因爲她肌色微黑，一般人替她起了一個綽名，叫做黑鸚鵡。

她們三人的歲數和麗君差不多，只是朱夫人歲數大一點，今年三十一了。其餘都是由廿五至廿

七歲前後的。她們和麗君是舊日的同學，她們今天來訪麗君，完全是為開同級懇親會的問題。

她們才坐下來，馬夫人便開始演說了。其實她不是演說，只是對一般友人下批評及報告最近在婦女界發生的新事件而已。所以她又有海上婦女界時論家的綽名。

馬夫人雖然在痛快淋漓地講，但麗君不像平日那樣高興聽了。她担心至中會失約，同時又怕他此刻就闖進來，給她們看見了不妥當，最少也會給這位黑鸚鵡做材料。朱夫人也像不願意聽，伸出一隻白胖的手來掩着口打呵欠，一連打了三次呵欠，那位海上婦女界時論家都沒有注意。到了第四次，朱夫人再不客氣地發出音響在打呵欠了。馬夫人才漸次停止了她的多辯的口才。於是楊夫人也有一個單簡的報告。

也是從前的同學，嫁給一個私立大學的文學

教授，最初和丈夫感情至篤，可說是幸福的夫妻。但到近來，那位大學教授忽然和一個友人的妻子發生了關係，便虐待起那個同學來了。每日在他們間，波瀾不絕。那個同學姓章名秋霞，因為再挨不過丈夫的迫逼，逃到楊夫人家中來躱了幾天。楊夫人兩夫妻勸她回去，並且答應她願做調停人，說服她的丈夫。但秋霞無論如何不肯回去，只託楊夫人的丈夫代她找獨立的職業。

"那位大學教授是知書識理的，怎麼也這樣欺侮我們女性呢？我們要在婦女界喚起輿論來對他下攻擊。他是侮蔑我們女性的蟊賊！你們的意見怎樣？"

馬夫人又在出風頭了。

"曉得秋霞願意不願意你們這樣幹呢。萬一弄得不好，不是使他們夫妻的感情更加分裂麼？"朱夫人說了後又打了一個呵欠。

"我們是爲我們全婦女界對女婦之敵下攻擊，不能爲秋霞個人枉屈了我們的主張，犧牲了我們的主義！怎麼你們不拿出半點革命精神來幹呢？"

"關於這個問題，扯不到革命問題上去吧。不要小題大做，破壞了人家的家庭幸福。"

楊夫人也和朱夫人抱同一的意見，主張調停。她還主張調停人要多幾個，力量大些，並勸麗君也加入來。但麗君只坐在一邊默默地聽，一想到自己的家庭，眞是自掃簷前雪都無暇了，還能管人家的瓦上霜麼。

"你們都是妥協論者，沒有半點鬭爭的精神。只要於個人有利，就投身敵人的懷抱中也有所不惜！還有資格談婦女革命麼？"

麗君平素是頗得她們間的愛重的，所以朱楊兩夫人要她加入她們的羣中，以後再多拉幾位同學去會那位大學教授。馬夫人是主張先開同學會討論這個問題，對那個大學教授取鳴鼓而攻的辦法，如開會結果良好，再擴大宣傳，開全上海的新婦女界大會，最少要達到最低限的目的，即是把他的大學教授位置弄掉。

"這於秋霞有什麼利益呢？"

楊夫人問海上婦女界時論家。

"你真是個悲觀論者！我們要為婦女界爭氣！要打倒這班臭男子！——專欺騙婦女的臭男子！至於秋霞姊可以自找職業，獨立地生活下去，何必再和那個臭男子妥協呢？就是我們女子太好了，大無勇氣鬪爭，所以男子們才敢得寸進尺地欺侮我們女性。"

馬夫人又在氣憤憤地發議論了。麗君也覺得這個黑鸚鵡的話句句成理。

————的確，女人太過於敷衍男性了。今後的女性該自己振作起來，以叛逆的精神對付男性。丈夫如找一個情人，做妻的便要以叛逆的精神去找兩個情人。………

麗君想到這點，真是十二分恨她的丈夫了。

"做女人的真是可憐！因為經濟不能獨立處處受盡男子的氣。何以所有男子都是這樣薄情，沒有專愛呢？在自己所知的範圍內，能夠和睦地幸福地百年偕老的夫妻，真是罕見，真是百中無一啊！"

朱夫人的家庭在她們間算是最幸福的。她在這時候的態度真有些像吃飽了飯買饅頭。她之出任調停，也只是因為坐在家裏閒着無事，當做一個慈善事業幹幹而已。

(八)

關於夫婦間不睦的問題，麗君儘想也想不出好的方法來應付。有了小孩子尤難應付。最後只有罵丈夫無良之一法而已。

"總之是男子不好。"

馬夫人再這樣說。

"秋霞也有錯處的。"

朱夫人又打了一個呵欠在說。

"何解呢？"

楊夫人的湖南口調。

"她找丈夫找錯了。當日她選擇丈夫，只注意面貌和年輕兩條件，其他的條件都沒有深加研究。當她找着了這位大學教授時，歡喜到不得了，走來向我說，男的比她小三歲，又是個小白臉。丈夫比自己年輕，自己將來定吃苦的。所以我找的對手是個伯爺公。"

朱夫人操的是廣東腔的正音。

"丈夫因為年輕，就該放蕩麼？"

楊夫人說了後，又說明女性所受的最大痛苦是嫉妒中的痛苦。

"看着自己的丈夫和傍的女子發生關係，那有不恨的呢！"

馬夫人又發揮了一大段戀愛專一論。

"這也的確是痛苦。想馬上和男子離婚，一時又做不到。有了小孩子，更難離婚了，只有一個人受苦。縱令你提出離婚的問題來說，在男人方面是求之不得的，結果反成全了他和那個女子的結合。……"

朱夫人說了後望了望麗君。麗君忙低下頭去。

"把丈夫讓給旁的女性麼？那不如殺了乾淨！南無阿彌陀，你沒我也沒。秋霞太沒有勇氣了，不把丈夫殺死，也該把那個敵人殺死，橫豎丈夫是不愛自己了的！"

馬太太的議論是主張拚命。

"那又可以不必。如果不願和丈夫同棲，再慎重地找一個候補者也是正當的道理。"

楊太太說了後，無意中又看了麗君一眼。

"那我不能表示同意！那是示弱於男人了！我們女性該放棄舊日的無抵抗的精神。我們對男性要取鬥爭的態度。最少要使男人不能立足於社會。"

"那裏！現在社會的當權者是男性，他們男性是互相擁護的。法律和社會習慣都是他們男性造出來的，對於男性的性愛犯罪差不多不加制裁，只制裁女性。所以欲以和另一個女性發生關係的罪名使那個男人在社會上失足，那是不可能的事。"

"女人能夠不嫉妒就好了。因為有了嫉妒，才有苦悶。"

麗君到這時候才欷着氣說了這一句。大家都笑了。麗君也跟着苦笑了一會。

"夫妻不睦，本來是尋常的事情。要不到傍人來調停的。他們應該自己起來和好的。"

朱夫人說了後又一個呵欠。

"那也不盡然，如果男的另有了情人時。"

楊夫人低聲地帶着哭音說。

"我看這件事還是拜託婦女解放家傅女士,讓她去和秋霞的丈夫鬧一場最痛快。"

馬夫人始終不願意妥協。

"你說那個雌老虎麼?"

朱夫人一說到雌老虎,大家一齊笑起來了。

"如果和那個老虎商量,她一定說,快快離婚,快快離婚,不管誰是誰非,離了婚再說,對於男性一點不用客氣,一點不能留情。這是雌老虎的平日的論調。………"

楊夫人說了後再把雌老虎的近狀告訴她們。

"前星期我在公共體育場走過身時,看見擠着許多男男女女,我走前去一望,那個醜婦人正在熱烈地講演,宣傳婦女解放。她總愛把動物來比擬人類的。那天她又把螞蟻來比擬人類了。她說,男人是工蟻,女人是蟻的女王。工蟻要羣集到女王蟻的面前來聽命令。我站在這裏,所以你們都羣集到我面前來。說得聽衆的男子們閧笑起來了。"

於是她們又笑了一陣，朱夫人把眼淚都笑出來了。過後，她才揩了揩眼睛說，

"她那個雌老虎不知破壞了多少人的家庭，離間了多少人家夫妻間的感情！她總是叫女性要脫離丈夫，團結起來，向男性反抗。這個辦法怎麼能夠實行呢？作算捨得開丈夫，也捨不得的兒女啲。'

"這是因爲她太醜了，不能嫁人，所以發出這樣的議論來。現代的人，無論判斷什麼事象，都是這樣主觀的。''

楊夫人的說話，不論在什麼時候都是悲觀的，消極的。

"女性如離開了男性，那一生都是過寂寞的黑幕幕的生活。誰能夠絕對地反抗男性呢？"

朱夫人的話在馬夫人聽來，完全是一種哀音了。

"你們都是喝了丈夫的迷魂湯,處處替男人辯護,長了男性的威風,太不該了。像我們受了教育的女性都還這樣地無自覺,在男性面前屈伏,那末女性要到什麼時代才能解放呢。你們對男性太示弱了。"

馬夫人很憤慨地說。

"Mrs馬,假定Mr.馬一有外遇,你便馬上和他離麼婚?"

朱夫人問馬夫人。

"不單和他脫離,還要控他,加以法律的制裁。凡是侮辱女子人格的男性,我們都要極力加以攻擊。現在我要問你,假如Mr.朱有外遇時,你怎樣對付他?"

"我家裏的決不會幹出這些名堂出來的。因為丈夫有外遇沒有外遇,完全是由做妻的對待丈夫的方法而決定。丈夫之有外遇,妻該當負一半責任。"

"那你是以三從四德去向丈夫討好,是不是?這樣的女性,太不長進了。"

馬夫人說了後在冷笑。

"把家庭整理好,使丈夫從外面囘來能夠得到安慰,是妻的責任。不願意組織家庭,又是一番話。旣然組織了家庭,做妻的就要負責任使家庭圓滿,使家庭和暖。"

"你的意見怎樣?"

麗君忽然徵求楊夫人的意見。

"我沒有意見。丈夫有外遇時,我眞的不知要怎樣對付才好。我想最好是像Mrs.朱那樣,先有把握,不使丈夫陷入迷途。萬一陷入去了,就要趕快勸丈夫囘心轉意。⋯⋯⋯"

"他仍然不囘心轉意時,你怎樣呢?"

馬夫人以嘲諷的口氣質問楊夫人。

"那只有一哭了,只有聽天由命了。"

楊夫人眞是個宿命論者。

麗君覺得她們的對付丈夫的辦法都不是澈底的平等的。Ibsen已經指示了一個最好的辦法給我們了,何以一般的女性都沒有留意到呢?最後和丈夫對抗只有這個方法了,于是她又希望快點會見至中了。

（九）

愚園路的盡頭處，近兆豐公園有一所新築的高爽的洋房，站在這洋房的露台上，梵王渡一帶的野景可以盡收入視角裏面。近這一帶地方，在春晴的時期，不消說是游人如鯽，即在殘冬時候的景色，也可以說是在上海絕無僅有的。

在天氣晴明的日子，每天下午三點時分，在兆豐公園左近散步的人們，便看得見那家洋房的晒台上有一個穿淡色西裝的女子，坐在一張梭化上在眺望野景。

"不知道是那一個黨國要人的洋房子？"

"不是總長以上的人住不起那樣闊的房子吧。"

"恐怕是東洋人的住宅啊。"

那一班借名讀書浪費父親以血汗掙來的錢，害得他們的父親天天叫頭痛的逐艷的青年們，你一言我一語地，在猜度那家特別引人注目的洋房子的主人。

"這一帶的洋房子的住客都是有錢的人啊。恐怕那家洋房的住客是個有錢的寧波商人吧。那個漂亮的女人，像是個當小妾的。"

青年們在一家小煙紙店裏買紙煙，無意識地問了問賣煙紙的人，賣煙紙的人也不過把他的臆測告訴了那些好事的青年們。青年們吹着紙煙，各拿着一把網球拍，悠揚地走進公園裏去了。他們的樣子，的確是布爾喬亞公子化了的。

那家洋房子的主人才搬來一星期又兩天，所以鄰近的人們還不知道到底是怎樣的有錢人。搬進來的當日像具行李之多却驚動了左側右邊的人們。

過了半個月之後，他們才知道新洋房的住客是上海有名的明星潘梨花。她自今年春起，在一家最大的影片公司當明星了，以扮悲劇的女角得名，上海的人差不多沒有不知道她的名字的。

左側右邊的商人自知道住那家洋房子的並不是什麽黨國要人，又不是寧波的布爾喬亞，而只是一個女優，就覺得目前過於浪費了他們的注意和尊敬。

"單靠電影公司的薪水不能過這樣奢侈的生活吧。恐怕她還兼當了某要人的小妾呢。"

因爲每天有許多汽車載着老少肥瘦不一的男客來看她，便引起了鄰近的人們的猜疑。

他們雖然望得見梨花常走出晒台上來眺望，但還沒有一個人認眞看見過梨花的眞面目。無知的人們便發出許多奇怪的謠言。有的說梨花每天早晨起來要用幾十個雞蛋白去摩擦她的全體，摩擦了後才入浴，浴後便披上法國製的薄紗衣走出來，她的雪白身體任何部分都能窺見，眞像一幅美人圖。聽見過這種謠言的青年們的心便振盪起來了，常走到那家洋房子的門首徘徊，有時候竟從鐵柵的門隙窺視裏面的客堂。

梨花有一個女僕，比她大兩歲，名叫阿珠，面貌很不錯，不過臉色微黑一點。她可以說是梨花的心腹。但梨花過這樣豪奢的生活，連阿珠也不知她的錢從何而來。阿珠最初以爲是由李梅苓供給的，但看梅苓近來的生活決沒有這樣大的經濟能力。最常到這家裏來的還是梅苓，其次最常來的是楊師長。不過楊師長不像梅苓般常常梨花在房裏歇夜。他只常常是上半天很高興地走了來，到下半天或吃過晚飯後便很頹唐地出去。

阿珠又常常聽見梨花和楊師長爭論錢的數目，使她感着一種慚愧。她有點不滿意於梨花之冷淡了楊師長。她常看見楊師長憂鬱地走了後，梨花便一個人睡在床上流淚，但不滿一點鐘之後，她又恢復了歡快的狀態，步出房門首來問，李先生來了沒有。

梨花近來大概每日都很歡樂，半個月間可以說完全足不出戶，只專心於室內的裝飾。她的關於裝飾的智識眞能使裝飾美術專家驚倒。色澤和光線及陳列的形式都十分調和。假如在調和上缺少一件東西，她可以犧牲高價去買了來。關於這點，她常和楊師長衝突。阿珠到後來才知道一切的用費是由楊師長供給的了。

梨花所喜歡的房子有兩間，一是她的寢室，面南，和露台相毗聯，東西雙方有長方形的窗口，室內裝飾雖不算華麗，但無論誰進來都發生一種清楚之感。

第二間房便是相鄰的 Salon 了。在這間大客堂裏，裝飾極其華麗。她沒有注意到她們的娛樂費完全是平民階級的血汗。她以為她是特殊階級的人物，這樣的窮奢極侈，是分所應享的。她蒐集有種種形式不同的檯椅，把檯椅收拾在一邊，可以容二三十人的跳舞。

她因為看多了電影，無日不在發癡夢想做女王，要一切男性都環跪在她的面前，要他們以她的顰笑為顰笑。

她坐在電爐前的安樂椅子上，正在回嚼昨夜裏和梅苓的擁抱，同時又感着一種寂寞。她只感着一種疲倦，——亦是一種空虛。她無事可做，便想睡了。但她又覺得自己是在等着誰般的。

"今天天氣這樣冷，誰也不會來吧。自己想留梅芬再住一天的，但是又覺得有點煩厭。結局還是讓他走了。他大概回他的老婆那邊去了吧。"

她正在想，有客來固然是很厭煩的，但是她又在希望有誰會來和她談談，好解解她的寂寞。像這樣的心情在她每天都會發生一二次。她想有這樣通情的來客就好了：不會使她厭煩的，當她寂寞的時候走了來，向她談談開心的好笑的話解解悶，在她未打呵欠以前，能夠知機告辭的。

她聽見有人上樓梯的足音。在Salon門口站着的是個黑臉大漢楊師長。

"是你麼？"

她說着打了一個呵欠。楊師長原來是滿臉笑容的，看見她打着呵欠問這麼的一句，便歛了笑容。

"你還約了有誰來這裏麽?"

"你又多心了。"

她忙站起來笑着迎他。

"站在那兒冷,進來向火爐吧。"

她說着拉了另一張安樂椅來,安置在她的對面,在電爐的那一邊。楊師長在這瞬間才有點歉意。

她一方面可憐這個武傢伙蠢笨,爲自己花了這樣多的錢,一方面想着梅苓昨夜裏對她說的話,又可憐自己之無恥。

～～～～～～～～～～～～

"你把生活節約一下吧。不然就搬到南京去。"

"我在南京住不慣。"

"那你另找一所小的房子來住,每月二三百元的生活我可以爲你設法。只不要超過三百之數就好了。"

"每月沒有千元之數，我那能過活呢。"

"那以後怎麼得了？"

"所以我說還是暫時敷衍他，等到我們有了錢時再搬家。到那時候再和他決絕不遲。"

"那太無恥了。你固然可以忍受，但我實在難忍受。我覺得一個人，——尤其是女人，要在物質的生活上能熬苦，才算是有志氣，才能說強話。你既然不喜歡他，那就不該再要他的錢，不該受他的津貼。……"

梅苓的話，理直氣壯，說得她雙頰發粿。但是梨花再三仔細地思尋，仍然難放棄這樣舒服的奢華的生活。她只答應梅苓到下一個月再來決定主意。

(十)

"Salon裏面太熱了一點。"

楊師長除了外套，再解外衣。他當了軍閥幾年，忘記了在鄉間因爲風雪載途，不知凍死了多少人的事實了。

他把外套和外衣掛在椅背上，他的那種舉動便引起了梨花的煩厭。因爲椅背上掛着衣服，室內的裝飾美便失了調和。

"門首不是有衣架麼?"

她苦笑着要他把衣服掛到衣架上去。

"麻麻胡胡,麻麻胡胡。"

"有什麼可以麻胡的。掛在那椅背上,多難看。"

梨花作色起來向他說。他才把衣服送到衣架上去了。他囘到電爐面前來時,不禁要拿出一方手巾來揩額上的汗。

梨花所等的好像不是這個人,但她也不驚異這個人之來訪。老實說,她希望他來,尤其是希望他帶款來。但在一方面,她又有幾分怕見他。

她剛才坐下來,視線便和楊師長的碰着了。或許是她的神經過敏,他的眼色比平常有點不同,她的胸裏也登時起了一陣暗雲。

"他今天恐怕要提出什麼難題來呢。"

她當下這樣想。他替她租了這樣宏偉的邸宅,每月還支出不下千圓的用費給她，他的最後目的是什麼，當然她早知道了的。

"可憐他追求了自己幾年啊。也為自己用出三萬多塊錢了。不再滿足他的要求，他定會斷絕自己的生活費了。到那時候，梅苓和其他的朋友合湊起來，或許有五百多元的供給。但仍不能過從來那樣舒服的生活。怎麼樣好呢？"

今天她又向他要求加僱一個西崧的廚子。

"啊，啊。"

他只是微笑着，不像往時那樣作澈底的肯定的答覆了。但在從前一有要求，他就"可以，可以，沒有問題，沒有問題，"的囘答。

他還在繼續着微笑。梨花忽然感着一種苦悶，沉默下去了。在他倆間便起了一種不純的空氣。梨花又像有了覺悟，她也不能不有這種覺悟。她雖然有了覺悟，但仍然感着一種不安。

梨花最害怕沉默的。于是勉强地說了些關於中外的電影的話來給楊師長聽。楊師長也故意裝出津津有味的樣子，一面儘注視她的有雙峯微突的胸部。

她說了許多話，感着疲倦了，忽然又沉默下去。她只等楊的發言或動作了。但楊還是沉默着，只在注視她。他覺得無論在她的肉體上，說話上，或在性格上，都有一種新鮮味，是他在從來所接近過的女性身上所不能發見的。他相信自己的經濟之力是不難征服她的。在不久的將來，她的身體定歸自己之所有。于是他又感着一種快慰，同時也增强了他對她的固着力。

他倆仍然沉默着。她知道楊師長是儘在注視她的臉。她眞不知要裝出如何的表情來才好。她不能惱怒，也不能憂鬱。若裝出過于溫柔的表情，則更加危險。她只裝出一種平凡的表情，略加以微笑而已。

"梨花,你搬過來後,一切都齊備了吧。"

楊師長開口了。

"大體好了,不過,……"

"不過什麼?"

給楊師長一問,她又羞得雙頰發紅,低下頭去。

"有什麼,儘管說來。客氣什麼呢?"

"…………"

她仍然低着頭。

"不過什麼?快點說來。"

"不過手裏又沒有了。"

她此刻才抬起頭來,向他作了一囘媚笑。

"就用完了?那才嚇人啊!"

"多買了些用具和裝飾品。"

"五千元就完了?"

"五千元有多少呢？什麼物事都貴了。金價高了，洋貨漲了價。"

"我近來也拮据得很。"

"那我向他們借去吧。"

梨花趁勢沉下臉來說。

"笑話笑話。你要用，就當衣服也要籌措出來給你。你此刻要多少？"

他忙陪着笑說。

"隨你的便吧。"

"五百元夠麼？"

"可以的。"

楊師長又走到衣架前去，從外衣的內袋裏取出一本支票簿來，再從後褲袋裏檢出一個小方形的水晶圖章，就在一張麻雀檯上寫了一張五百元的支票交給梨花。梨花接過來，撩起衣角，把支票鏨進大腿部的長筒絲襪的伸縮帶底下了。在這瞬間,楊師長趁勢摟住了她的頸項,要親吻。她忙一翻臉,他便在她的臉上狂吻。

"可以了吧。"

梨花笑着推開他,同時感着一種羞恥。

"自己和賣笑婦有何區別呢?"

他像不肯就這樣地甘休,待想進行第二步,忽然聽見樓梯上又有人上來的足音。

Salon的門扉給外面的人推開了,站在門首的正是李梅苓。

楊師長恨極了,登時沉下臉孔,不和梅苓招呼。幸得梅苓是外交家。

"楊師長,幾時來的?"

他笑着解除外套,向楊說。

"唔,唔。"

楊取出一個烟斗來,插上淡巴菰,呼呼地在吸起來,把臉翻過一邊,不理梅苓。

最歡喜的是梨花,她正在無法抵抗楊的時候,梅苓會跑了來解圍,眞是喜出望外。

"你又走了來做什麼?"

她說了後才後悔,于是看了看楊的臉色。

"我們想開一個跳舞會,在明天晚上,多請幾位青年們來樂一樂。Mr.李是帮忙我辦這件事的。Mr.楊,明天晚上你也來參加吧。"

"誰和你們這些無恥之徒一起鬧!"

楊氣憤憤地說。

"啊呀!是什麼意思,你說的話?"

她驚異地問。

"我的話是不求別人理解的。"

"你這個人才可笑。"

她笑着說。

"我是可笑的人。但我不要騙人家的錢!"

當着梅苓的面,梨花給楊這樣地一說,十分難過,她的臉色登時紅了一陣又白一陣。

"誰希罕你的錢!"

"不希罕時,把那張支票還我!"

她氣極了,忙再撩起衣角,從絲襪底下抽出那張五百元的支票來,丟到地毯上面了。楊師長把支票拾起來,沙地一聲撕成兩段,再摺着一撕,成四片了。

"再會!"

楊師長走近衣架前去取衣服,梅苓不便看着他們鬧,忙走進她的寢室裏去了。楊看見更加氣惱。

"我出錢給你養姘頭麼?"

楊師長臨出Salon時,這樣罵了一句。

"................"

梅苓當時感着一種難堪的侮辱。但是到了這個局面,也只好笑罵由他了。

楊師長走後他再走出Salon裏來。

"遲早有這末的一天,叫你早和他斷交,你又不相信我的話。"

"不要睬他,不久他又會來的。"

梨花嘻笑着說。

"………………"

梅苓覺得梨花太無恥了。但不便有什麼話說。

(十一)

"你上半天才回去,怎麼又走回來?"

她的全身埋在安樂椅裏面,懶懶地問他。

"天氣太冷了,不想回南京去,索性過了這個禮拜日再走了。"

"沒有回家去麼?"

"…………"

梅苓一時沒有話回答。

"沒有看你的麗君去?"

"看見了。"

"她怎麼又肯放你出來呢?"

"她有她的愛人。"

于是他告訴了她,當他囘到家裏去時,看見麗君和耿至中正相對着喝酒。他氣不過,所以走囘她這裏來。

"是嗎,我早叫你不要囘去的!……"

她才說了這半句話,阿珠走進來告訴她,有電話來了。要她到電話房裏去接電話。

她跟着阿珠出了Salon,便覺有點冷。到了電話室,把受話器拿在手裏。

"你是那個地方?…………大東旅社?………啊,楊師長麼?"

她說到這裏,又好笑起來了。

"我嗎?我是,……你所喜歡的梨花喲!"

她聽那邊也在哈哈地大笑。

"你問他麼?⋯⋯⋯剛才走了,Mr.李。⋯⋯那個像女人般的小白臉,誰愛他呢?你不要多心。⋯⋯⋯⋯眞的,沒有一個客在我這裏。⋯⋯⋯⋯到你那邊去?⋯⋯⋯二樓十二號房?⋯⋯⋯⋯⋯讓我想想。⋯⋯⋯你剛才太對不住我了!⋯⋯⋯⋯⋯⋯誰要你謝罪!⋯⋯⋯⋯⋯但是支票還是要的喲。⋯⋯⋯⋯五百元的不要了。⋯⋯⋯⋯多少?⋯⋯⋯至少也要一千!⋯⋯⋯⋯可以?⋯⋯⋯⋯那請你等半個鐘頭。⋯⋯⋯⋯一定來的,不要心急。哈,哈,哈!⋯⋯⋯⋯⋯⋯一些些會!"

"什麼愛情都是假的,結局唯有金錢。金錢是戀愛的培養料。"

她才把受話器丟開,就歎了口氣。楊師長雖然答應給她一千元,但交換條件是要到大東旅舍去。冬至前後的日子,近四點多鐘就像黃昏時分了。他是張着羅網在等着自己,伸着他的一雙鐵腕在等着自己投身到他的懷裏去吧。

她剛回到Salon裏來，梅苓便問她。

"誰打來的電話？"

"公司裏打來的。"

"有什麼事情？"

"今夜裏的月色好，恨海的那段夜景，想在今晚上攝映。"

"那你今夜裏不能回來的了？"

梅苓失望地說。

"說不定。就能回來，也在半夜以後吧。"

"我跟你去好麼？"

"不好的，你是有身分的人。我不願意你到那些地方去。"

"……………"

他憂鬱着，一時沒有話說。

"你好好地等着吧。不到天亮，我定規回來

的。"

她笑着安慰他。當然他一點也不懷疑。

梨花走了後，梅苓一個人悶悶地坐在電爐前翻看三國演義，但一個字都輸不進腦裏去。他悶坐了一會，阿珠端了一盅珈琲來給他。

"你知道梨花姑娘到什麽地方去麽？"

"不知道。好像是大東旅舍有客打電話來要他去。"

"大東旅舍？她常常有客叫她到旅館裏去麽？"他驚異地問。

"這有什麽希奇呢，只要她喜歡時。"

梅苓聽見，心裏十分難過。他想，原來她從前所說的話都是騙自己的啊。從前自己爲她犧牲了一切的家產，最近爲她犧牲了妻子家庭及名譽，以爲總博得到她的一個眞摯的愛字了。眞地沒有了金錢，戀愛也就跟着消滅麽？

梅爹對梨花一懷疑,跟着便有幾分氣憤,于是不免思念到麗君的好處來。

"還是囘家裏去吧。"

他忽然發生了這樣的念頭。但他同時又想到大東旅舍去看看梨花到底是會那一個男人。

他下了決心,便走出來叫了一輛汽車,趕到大東旅舍來。他想,她不知在那一號房間。他揩着額上的汗水,先在三樓的酒樓部轉了一轉看不見有像梨花的影兒,也聽不見像她的聲音。他在跳舞場面前走過時,聽見裏面的音樂已經悠揚地奏起來了。他想她或許在裏面吧。他便推門進去。但才踏進跳舞廳裏,又後悔起來。因爲他才想及她從前曾告訴他她是十分討厭這些無聊的小跳舞場,決不願意進去的。她如要跳舞,定到各家帝國主義者所經營的跳舞場去。

他坐在跳舞場的一隅,丟了六角錢,眞地沒有坐足三分鐘，就出來了。他再到樓下查了查各房客的姓名，看見有楊君字樣，便猜疑是楊師長叫她出來的。不過看見剛才他們那樣決裂的情形，在生性好勝的梨花，決做不出來的。並且住客中就有十幾個姓楊的，怎麼能夠到間間房裏去察看呢。他再在酒樓部徘徊了一會，才決意走了。

電梯停住時，隔着鐵柵，他看見梨花隻手抱着一大包東西，隻手插在楊師長的肩脊下，正在那裏等電梯。

"呃！"

他差不多要跌倒在電梯裏了。

"啊！Mr.李！"

楊師長站在電梯外，很得意地叫了起來。但是梨花一句話不會說了，臉上蒼白得沒人色了。電梯的鐵柵門開了。梅苓急急地跳了出來，飛奔地向外跑。

"梅苓！"

梨花帶哭音的叫了一聲。但梅苓頭也不囘轉來一看，跑出旅社外去了。

亡魂失魄般地從大東旅社跑出來的梅苓，一時不知要到什麼地方去好。他叫了汽車，坐進去了後，聽見汽車夫問他到什麼地方時，才說到法界的K——路去。麗君的住家是在K——路。

他囘來家裏看見三個小孩子都睡着了。滿屋靜悄悄的，只不見麗君的影兒。

"少奶奶呢？"

他問娘姨。

"和耿先生一路出去的，好像是說看電影去。"

"⋯⋯⋯⋯⋯⋯"

他再沒有話說，娘姨便退下去了。房子裏雖然很暖和，但他的心是十二分荒涼的了。他看着呼呼地睡在床上的三個小孩兒，不禁悽然地流下淚來。

他覺得在這家屋子裏一刻也坐不穩。楊師長和梨花相互擁抱着的猥褻的想像，及麗君和耿至中互相攜着手的親密的想像，交互地在他的眼前幻現出來。

"還是到那一家旅社裏去歇一宵吧。明天趕回南京去，不再理她們了。"

他待要站起身來，忽然聽見娘姨在下面招呼客人的聲音。

"少奶奶不在家？"

梅苓聽清楚了那是海上婦女界時論家馬夫人的聲音。

"下半天出去的。少爺倒在樓上。"

"李先生在家？"

梅苓聽見馬夫人步上樓梯的音響了。

(十二)

"Mr.李,你不替我想個辦法,我非打你不可了。你們男人家都是沒良心的。"

馬夫人看見梅苓劈頭就是這末一句,弄得他摸不着頭緒,只得坐下來和她敷衍一下。

"Mrs.馬,有什麽事?"

"你還不知道麽?我家裏的也公然敢找着姘頭了。你想該死不該死?你們這班男子都是沒良心的！"

"你罵你的老公，不要株連及我，Mrs.馬。"

"你還不是一樣的角佬。"

"Mrs.馬，你如果再這樣説，我可要失陪了。'

梅苓説時，立起身來。馬夫人忙走過去扯着他的衣角，不讓他走。

據馬夫人的敍述，當她和朱楊兩夫人爲同學章秋霞的事來看麗君的時候，她已經約略知道她的丈夫有了外遇，不過程度還不是怎樣深。她是愛強的人，怕給同學們曉得了譏誚她，所以忍耐着以待丈夫的反省和改過。她並不想以對付章秋霞的丈夫的嚴厲方法對付自己的丈夫。

但是馬先生並不知道老婆的苦心他的放蕩還是一天甚一天。

"我已經沒有方法對付他了。你是他的好友，平時他是很聽你的話的。"

馬太太說了後竟長歎起來。

"你何不和雌老虎商量去?看她能替你想出一個好的辦法來嗎?"

"傍人的事可以和她商酌。我自己的事怎麼可以告訴她呢?一告訴了她,她便要迫着我決裂地和我的丈夫硬幹了。那不是愈攪愈丟醜麼。"

馬夫人之嫁馬先生是再婚的了。因為她的性情太激烈,和先一個丈夫只同棲了半年,就離婚了。馬先生貪她有幾分姿色,便和她合上了。但一同棲之後,互相發見的缺點一天一天地多起來,而當日所謂戀愛也超過了山頂,只朝這面的山麓下降了。

"我看你如不願和他同居,還是分手了的好。"

梅苔無意中說了這一句。但是這句話正是當日麗君向她訴苦時,她向麗君的忠告。

"但是你替我試勸勸他,或許會囘心轉意過來也說不定。

"你還捨不得他麼?"

"輕易地離婚,在女人是再痛苦不過的事嚇!"

"你倆本來就沒有舉行過結婚式,有甚要緊呢?"

"但是社會上誰不知道我們是夫妻呢?"

"兩人間已經有了芥蒂,就同住着也是不快活的。"

據馬夫人說,馬先生近來一連幾晚不囘來家裏歇。在她有一晚不見他的面,是再苦悶不過的。並且按常例,丈夫一囘來,第一件事是要捧着她的臉接吻。這是他們的日課。這樣的接吻就像一種補品,能給她一種活氣。但是近來丈夫雖然有時囘來,也不給她這樣的安慰的接吻了。

馬先生的姘頭是一個女招待,—— 一個貧苦的女學生流落到咖啡店裏的女招待。現在他居然津貼了她一千多塊錢在霞飛路中段一條小弄堂裏開了一家小咖啡店。馬先生每天由公司出來,便到那家小咖啡店裏去,不常回家裏來了。有時囘來,也是在夜半響了一點鐘之後。每星期六夜裏,還要和那個女子開一囘旅館,盡情的享樂,對不十分認識他們的人,居然自稱夫婦。

"最可惡的是在旅館裏,那個小婊子也竟冒充我的姓,稱妻王氏。你想是不是豈有此理!讓我的姓給那個淫賤的女招待偸了去。……"

馬夫人漸漸又昂奮起來了。在她的臉上,梅苓平日覺得是有一種美的。現在也完全消失了。她的眼睛裏只閃耀着因嫉妬而起的險惡的兇光。兩個顴顴也像呈一種暗色深陷進去了。兩邊突起的額角也呈暗褐色。大概是因爲他忘記了週到的化粧。

"眞可憐!"

梅苓當下這樣想。

馬夫人儘是繼續着罵她的丈夫。梅苓想，丈夫的放蕩在妻是這樣難堪的痛苦麼？據馬夫人的口述，最使她難堪的是前星期六晚上伴朱楊兩位夫人和雌老虎到E戲院去看電影時，發見丈夫和那個女招待也在那裏。

在赴電影戲院的途中，她們在汽車裏還在討論夫妻間的問題。

"像馬太太就是幸福啊。絕對地管得着丈夫。在我們女性中，要馬太太才配稱是女丈夫。"

"眞的，我如果發見了丈夫有錯脚時，決不妥協的。"

馬夫人在那時已經知道丈夫有點靠不住了，但愛強的她，仍然在誇張地主張她的女權絕對論。

E戲院除電影外，還添上演從美國來的Comic opera。構成派的舞台裝置和外國女優的跳舞博得了一般布爾喬亞的喝彩。

馬夫人和女友們在同一列的席位坐下來後，便聽見丈夫的聲音從薄暗的前列吹送過來。

那是日常聽慣了的丈夫的聲音。馬夫人駭了一跳，伸一伸頸項，向聲音的發源處望去，果然看見前面並坐着的一男一女，一個是馬先生，一個是他的姘頭女招待劉小璉。

今朝晨一起床就跳出門去了的丈夫誰夢想得到他會陪着那個賤人來這裏看電影。馬夫人的脊髓像凍結成冰了，週身打抖起來了。

"可惜了。開了幕。"

雌老虎翻轉頭來望着馬夫人說。

"是的。"

馬夫人完全失掉了意識。她像在夢中般地坐下來。她免不得望了望丈夫那一邊，她的丈夫和那個女招待的坐席是距她們前五列偏左的位置。

剛才以爲是眼花看錯了。現在看來一點不錯，还是他丈夫的侧影。越看越迫真,越迫真越不想望他们,越不想偷望,就越想偷看他。当时的马夫人真地感着万种的矛盾。

她们都称赞自己是最有力量支配丈夫的。像这样的场面给她们发见了时,怎么好呢。"

马夫人再无心看电影了。望了望丈夫那边,又偷望望雌老虎的神气。她恨丈夫,同时又怕她们看见了丈夫和那个姘头。她全无心看,也全无心听了。她只伸出双手按着胸中的激烈的鼓动。有时候只低着首沉思。

"像这样的场面真深刻!"

雌老虎半笑半默地说。

"呃?"

马夫人只当雌老虎看见了她的丈夫,故意嘲讽她。她此刻才知道章秋霞所处境遇之苦了。

"不论世间里有着千百万个做丈夫的如何地

放蕩，但自己的丈夫是受着自己的約束絕對靠得住的。自己是盲信了丈夫，同時也盲信了自己的力。"

馬夫人這樣想着望了望女友們，很担心她們注意着她的丈夫。丈夫和那個女招待那樣親密的樣子，給她們看見了時，自己就要剝面皮了。

銀幕上的場面正是愛慾達到了最緊張的場面，用簡單的一句話來表示時，便是"有情人都成眷屬。"

Orchestra在熱烈地奏出戀愛之曲，坐席中的戀愛之侶大體盡都緊張起來，互相緊握着手。

"那邊的不是Mr馬麽？"

到後來，朱夫人終發見了馬夫人的丈夫。

這時候的馬夫人再無力嫉妒了。她只担心女友們會提起她的丈夫的話來說。她想最好的辦法只有一個人先回家去了。

"我有點不好,頭痛得厲害,我先走吧。"

馬夫人向她們告辭。

"何必呢。看完了再走吧。"

電影演完了一段落,暫休息十五分鐘。全場內忽然明亮起來。馬夫人眞担心丈夫會翻過頭來看這邊,忙站了起來,決絕地向她們告別。她自己也莫明其妙,何以在這時候這樣地害怕看見丈夫起來了。她站了起來,但仍然免不得又要向丈夫那邊望偸一下。她看見丈夫和那個女招待也攜着手站起來了。她更加狠狽了。

快點走出戲院外去,不要碰着他。"

她愈急地向外走。

"雌老虎不知要怎樣地笑我了,說我只會干涉人家的家庭,不會管束自己的丈夫呢。"

"啊!Mr馬和一個女朋友牽着手呢!"

馬夫人走到石階段口,逗聽見朱夫人在這樣

說。

（十三）

　　梅苓和馬夫人敷衍了一會，還不得要領。看看近十一點鐘了。那個海上婦女界時論家只好走了。

　　馬夫人走後，梅苓一個人寂寞地坐了一忽，但是梨花的影兒還在他的心頭上一起一落，到後來，他下了決心，仍然乘汽車趕囘梨花的家裏去，專待她囘來，質問她一切。

　　"或許她只是爲經濟問題去和那個無聊的武

人敷衍敷衍吧。她從來沒有對我失過信，她說今晚上一定會囘來，大概不會騙我的。"

梅苓于是決意回到愚園路梨花的家中，專等她囘來歡聚。

他在弄堂口下了車就聽見麗君正由弄堂裏出來，在和一個男人說話的聲音。

"你說他沒有回南京去，一定在那個婊子的家裏。怎樣又黑幕幕地不見一個人影，也聽不見人聲呢？"

梅苓聽見麗君這樣地對一個男人說。他躲在一株街路樹後面，偸聽他們的說話，並且知道那個男人一定是耿至中。

"或許他們到跳舞場或旅館裏享樂去了。我看你這個女子完全有奴隸性根。"

至中的聲音。

"但是我不能這樣簡單地就和他脫離。你的提議，讓我回去多考慮一下吧。"

梅苓聽見麗君這樣說，不禁悽然起來，同時聯想到梨花和楊師長還在旅社裏，便覺得十分對不住妻子了。

"今晚上還不能答回我麽？"

"Mr耿,我是做了三個小孩子的母親了，你還能眞摯地愛我麽？"

"你比我的生命還要重要啊！"

"梅苓最初也向我說過這樣動人的話啊。"

他還聽見他的妻苦笑了後又長歎息。

梅苓望着至中和麗君並着肩在馬路那一頭的黑闇中消失了。因爲夜深了，他精神頹喪地叫了門，走進梨花家裏了。

～～～～～～～～～～～～

麗君因爲在梨花家裏沒有發見梅苓，剛才趨向至中的情熱便減殺了些。兩個人走了一會，在一家汽車行前止了步。下過了雪的馬路，給北風一吹，路道便舖上了一重厚厚的冰層，很難走動。麗君覺着自己的趾節，冰痛得完全失去了感覺，快要掉下來了般的。麗君讓至中叫了一輛轎式汽車，一同坐進去了。

麗君和至中雖然並坐着，但各耽着各的空想，彼此也異常神經過敏的。有好一會的沈默，他倆不約而同地都凝視着車前的汽車夫。麗君固然希望能夠看見丈夫，至中也極希望把梅苓在梨花家裏的情形給麗君看。不過他倆的用心不同，麗君是想促丈夫作最後的反省，至中却欲促麗君因此對她的丈夫絕望。

因爲街路的凹凸不平，汽車有兩三次跳了起來。他倆的身體常常碰在一塊。於是他倆互相退縮到一邊，各表示各人的矜持。但有時候因爲汽車的狂奔，他倆無暇整理他們的席位和姿態，臂和臂的

接觸，有時竟繼續至數分間之久。有一個瞬間，麗君自暴自棄地這樣想，

"就讓它這樣地繼續下去吧。"

因為她當時感着一種似甘非甘，似苦非苦的快感。

麗君感着藉交流作用從至中的強健的身體傳流過來的熱氣了。她愈覺得自己的末日快要來臨，她像是被拋出世界外去了的一個孤獨人，一種孤寂和悲哀便從黑暗的心底湧了上來，像在刻刻地追她和至中接近。她又聽見坐在她身傍的至中在微微地歎息。

"真地和這個男人逃到日本去麼？"

至中曾向她挑動過，要她和他一路到日本留學去，所以麗君此刻忽然會發生出這個想像，——以非常的勢力誘起了她的情熱。

"這也算是一種復讎？"

她又這樣地一想，同時一種愛慾之力便以不可防禦之勢發展起來，促着她和至中接近，或許因爲是時間太晚了，神經疲痳了，無力振作了的緣故吧。

汽車仍然在奔馳，車體搖動得比以前更厲害，他倆的膝部索性緊接起來了。體溫的交流越發厲害了。

"像這樣的苦悶的一夜，若不和他任情地耽溺下去，要我一個人孤守過去，是再痛苦不過的了。單我一個人，嫉妬和愛慾之火會把我燒成焦黑的骷髏吧。否則我一個人定會自殺吧。"

她像受着一種恐怖的威嚇。她正在思索着圖脫離這個恐怖和煩悶的瞬間，忽然發見了一線的生路，就是今晚上唯有和至中相攙抱着任情地耽享一夜糜爛的享樂。

不知從那一個瞬間起，她的臂被挾在他的肩

胥下了。他的雙掌也按在她的雙膝之上了。

"讓他吧。我就墮落下去也是沒有罪的。梅荃先對不住我啊。"

不純的自暴自棄的念頭繼續在她腦裏發生出來。

"我自動地向至中要求，他決不會拒絕吧。——不單不拒絕，還要跪在我的膝頭下吧。"

麗君的熱烈的好奇心全注意到至中的身上去了。

至中仍然在沉默着，麗君此刻倒有些恨他了。汽車駛出大馬路上來了。

"到那個地方？"

汽車夫到這裏再問了問他們的行方。

"到Astor House去。"

至中向車夫說了後，又翻轉頭來問麗君，

"可以吧？"

"............"

她沒有囘答，只是雙睛直視着車前的兩道的光影。

"麗君，你不知道我是如何地愛你啲！"

突如其來地，至中緊摟住了她的頸項，要求接吻。麗君也像失了神般地，一任他了。她雖沒有表示強烈的反應，但也不能總是全無感覺。

狂吻之後，至中更大胆地儘摟着她不放手。麗君雖時時稍事抵抗，但結果還是一任至中的輕薄。

在 Astorhouse 的一間客房裏，他倆的情感是不顧前後，變爲盲目的了。

"你不後悔？"

當他摟着她問她時，

"一點兒不會。他還不是常常和梨花，……"

她打算爲自己的罪戾辯護，但還是不能大胆

地往下說。

"眞的？........."

他喘着氣歡笑得話都不下去了。的確，今晚上的勝利者不是楊師長，也不是梨花，不是梅苓，也不是麗君，而是這個耿至中。

麗君給他摟抱着，看見他在痴笑，心裏又感着一點不快和後悔。但是深陷到這樣的程度了，還能脫身走嗎。

"他雖說深愛自己，但在他一方面，或許他也看不起自己呢。自己是做了三個小孩兒的母親的人了。怎麼這樣容易就允許了他接近呢。........以後要自己去追求他，不是他來追求自己了。在這一點，女性便失了權威和價值了。"

在這瞬間，她又冷了半截。他雖有極熱烈的動作和表示，在她却無氣力去表示反應了。但是因爲梅苓許久沒有回家來，她到底還感着相當的快感。

事過之後，在她眼中的至中好像比剛才驕傲得討人厭了。他像死人般地躺在床上不起來，只是微笑着看麗君起身來清理一切。麗君在這瞬間感着一種莫大的侮辱，同時回憶到剛才自己迎合他的種種猥褻的舉動，她便感着滿臉熱了一陣又一陣。

在汽車裏所有的熱情完全冷息了。她忽然思念及家裏的三個小孩子了。于是她後悔今晚上之過於輕身了。

"不早了，上床來睡吧。"

"……………"

麗君剛從廁所出來，聽見至中叫她，一時不知要怎樣回答才好。她有點想回家去了。

"來！快點！我有話告訴你。"

"有什麼話？"

麗君心裏實在有點厭煩至中，不過今晚上已

經和他深陷進于不可挽回的境地了，又覺得非維繫着他的心不可了。她強作歡笑，走近他，坐在床沿上。

"我十二分的愛你喲！"

他捧着她的臉說。

"我不相信！你一定還有很漂亮的愛人。你只借我的身體，來………"

她說到這裏，便沉下頭去，不能向下說了。

"沒有這樣的話。我可以賭咒。我對麗君如有欺心，天誅地滅！"

"要這樣我才歡喜。"

但是她自己也莫明其妙地竟滴下淚來了。他忙坐起來，再次擁抱着她，一面極力地安慰她，一面和她親吻。

她看見他輕輕地咳嗽了一二次，再熾熱起來。這真是她所預想不及的。她想，這一點，他確比梅苓有趣。

在平時，至中是像處女一樣的溫柔，十二分可以博取女性的信用，言語行動完全表示出他是一個典型的青年紳士。但到情慾發作的時候，就把女性當成一個奴隸，盡情地加以蹂躪了，獰惡得像夜叉般的色魔。

麗君雖然儘偎在至中的懷裏，但覺得他還是和梅苓一樣的惡魔。他所演的醜狀比梅苓所演給她看的，還要醜劣難看。她想，他的舉動大概和原始時代的野蠻人沒有兩樣吧。

至中等到力竭氣盡後，便呼呼地睡着了。他不管麗君願意不願，一翻轉頭就睡下去了。剩得麗君一個人躺在床的一隅，眼睜睜地望着吊在天花板上的斗大的電燈。她看了一看手錶，只是一點又過了三分。她決意走了，忙把短袴結好，襯衣穿好，走下床來，再把外衣穿上。她並沒有什麼留戀，只覺得今晚上自己太潦草了，便宜了至中。

她走出旅館叫了汽車趕回家裏來。使她起了一個極大的驚異的，是她看見梅苓一個人很孤寂可憐地擁着棉被捲睡在一張梭化椅上。在青色的電燈罩下映出來的他的臉孔，完全沒有半點血色，蒼白得可怕。麗君看見這樣的情形，胸頭像給刀刺了般的，尤其是回想到剛才自己赤條條地和至中相擁抱着的情況，更感着一種片刻不能耐的羞辱和苦楚。

"雖不會對不住丈夫，但對不住兒女是的確的了。"

她看着丈夫梅苓，覺得他不像從前那樣可恨了。她只承認今夜裏和至中的那種行動，是十二分對不住梅苓了。

"你此刻才回來麼？"

梅苓的怨歎的口氣。

"你怎麼也回來了？我當你是在梨花家裏歇夜了。"

"不要儘說那些酸話了。我問你，到底到什麼地方去來？怎麼此刻時候才回來？不怕小孩子找不着你，哭起來麼？"

"我自己一身都不能管了，還能管小孩子麼？"

她心裏雖然覺得對不住丈夫，但是還儘裝出強硬的態度。

"你到什麼地方去來？"

梅苓還儘在追問。

"說出來，你不要生氣喲。"

"我生什麼氣呢？"

"我昨夜裏找我的情人去來。"

"你的情人是誰？"

"數不盡！高興找那一個就找那一個！"

"麗君，不要儘說那些氣話了。我還是十分愛你的喲！"

　　他站起身來，撲到麗君身上去，把她摟抱住了，在她的臉頰上，嘴唇上，狂吻起來。在這瞬間，麗君也莫明其妙，她雖然覺得至中比丈夫新鮮，但是人唯求舊，丈夫還是比其他的男子可愛，比其他的男性有重厚的壓力啊。她一任丈夫的狂吻，好像這樣的洗禮可以減却她剛才的許多罪孽。她流着淚一句話不說。臨天亮了，她疲倦極了。

(十四)

麗君不明白丈夫今夜裏是何意思，對自己特別地愛撫。但她十分疲倦了，流着淚，——因為覺着今晚上的人生的矛盾和滑稽而流淚，——和丈夫敷衍了十多分鐘後，便睡着了。

"丈夫如能洗心革面，從今日起不再有放蕩行為時，那末自己也可以和他恢復和好的。"

她臨睡時這樣想。

"………但是我的身體上已經受了致命的傷了。至中那個人能夠再放過我麼？"

她想到這點，又感着一種重大的痛苦。

"就這樣地麻胡下去，對丈夫為不忠，對至中又不信了。丈夫怎麼不早一天來向自己懺悔呢？"

等到她一夢醒來時，已經紅日滿窗了。她看見梅苓還呼呼地睡着，隻脚架在她的肚皮上，和平日一樣的無邪而可愛。于是她更後悔昨夜裏的孟浪。她輕輕地坐起來，但還是把丈夫驚醒了。

"還早呢。再睡一忽吧。"

"小孩子早起了身，出去頑了。我要看看他們去。"

"外邊有娘姨看着，怕甚麼？"

他儘攬住她的頸項不放手。

"怎麼你今天這樣的討人厭？"

"麗君，從前我戀着梨花，那是我錯了。現在我後悔了。不愛她了。我們恢復從前一樣的圓滿的家庭吧。我以後只專爲你一個女人而生活了。望你不要再出去和那些無聊的男子交游，也望你恢復從前對我的笑容吧。"

"................"

她坐在他的懷裏，不轉瞬地注視着地板，好一會沒有話回答。她這樣想，

"自己雖然不一定是想和丈夫妥協，但是有了在昨夜裏和至中演的那一幕，反轉使他脫離丈夫的決心變鈍了。"

過了一會，她覺得只有使丈夫對她取反抗的態度才能夠使她對得住丈夫般的。于是她故意去激動她的丈夫，說，

"我不願再受你的憐愛，也並不是想受任何一個男子的憐愛。我深知道所有的男人都是靠不住的。你還的回到梨花那邊去盡情地享樂吧。"

"梨花不要我了!"

梅苓哭喪臉地說。她看見這個樣子又覺得丈夫可憐。

"怎麼梨花不要你了呢?"

"她愛上了楊師長的金錢。不愛我了。"

"她那樣深愛你的,也居然和楊師長發生關係了?"

"是的。我昨夜裏在她家裏守候至三點多鐘,還不見她回來,所以我回到家裏來。"

梅苓再把在大東旅社看見楊師長和梨花的情形告訴了麗君。

"梨花和別一個男人發生了關係,你就不要她了?"

"是的。她沒有真心對我了,還愛她什麼?"

他正經地說。

"................"

她沉吟着，像在思索什麼事情。在精神上說，她對於丈夫仍然是戀戀不捨的。但是有了昨夜裏失身於至中的一幕，她非離開丈夫不可了。

"假如我也和別一個男性發生了肉體的關係，你還能夠和從前一樣地愛我麼？"

"麗君，My Dearest，不要說笑話了。你決不是這樣的女人。你對社會是有相當的認識。我是深相信你的。"

"不管我是怎樣的人，我只問你假如我真地和別的男性發生了曖昧的關係時，………"

"那我更加恨你喲！比恨梨花還要更加恨你喲！"

"……………"

她的圓圓的臉兒不禁紅漲起來。不一會，幾顆淚珠掛在她的雙腮上了。

"阿三仔要媽媽呢。"

聽見娘姨抱着最小的女兒從下面上來。麗君忙離開了丈夫的懷抱。

麗君把阿三仔接抱過來時，又滴了幾滴眼淚。

"阿大，阿二呢？"

她問娘姨。

"到法國公園頑去了。"

"阿桂看着他們去的麼？"

"是的。"

阿三仔給母親抱着，便止了哭。

"過來給爹爹抱一抱看。"

梅苓坐在一邊，看見阿三仔滿可愛，忙伸出雙掌來向着小女兒拍了一拍。但是阿三仔。呀地一聲，忙躱到那一邊了。

"三個小孩子也全不認識你。你那裏有資格配做父親呢？"

麗君以怨懟的口氣對丈夫說。她說了後，抱着小女兒走向洗面間裏去了。梅苓想，不能再睡了，也走下床來，把外衣服穿上。這時候忽然聽見娘姨又在下面叫起來了。

"少奶奶！"

"啥事體？"

麗君口裏還啣着牙刷，從洗面間裏走出來，向樓下問。

"有客來了。"

娘姨的回答。

梅苓聽見有客，很担心是從梨花那邊打發來的人。同時麗君的胸口也在拍拍地跳動，她猜一定是耿至中無疑了。

果然，耿至中不客氣從下面跑上樓來了。他也完全沒有預想到梅苓竟在家裏。

"啊！Mr李，沒有出去麼？"

至中有點不好意思，好容易才問了這一句。因爲有昨夜裏的經過，他的臉上表示出一種勝利之色。

"我們才起身，還沒有洗刷。請到樓下坐一坐吧。"

梅爹知道至中是爲他的妻而來的，但也不便怎樣，只叫他到樓下去坐坐冷櫈板。

"⋯⋯⋯⋯⋯⋯⋯"

至中不回答什麼話，他只以有意思的眼色看了看立在傍邊的麗君。麗君臉紅了，忙向他作了一個媚笑。

"耿先生不是別的朋友，同自己家裏人一樣了，請到我們房裏去坐吧。不過還沒收拾，凌亂得很。⋯⋯⋯⋯⋯"

麗君却要至中到他們寢室裏去坐。他也不客氣地持着手杖搖搖擺擺地走進他們寢室裏來了。他看見麗君才起身來沒有修飾的姿態，更加動人。

若不是梅苓也在房裏，他真要撲到她身上去了。

當梅苓走向鏡台那一邊去時，麗君便伸出左手來揑了揑至中的右腕。他也乘勢揑了她一把。但不一刻她看見鏡裏面的丈夫的臉蒼苍地沉下來了。他倆忙歛了笑容。

梅苓扳起臉孔走向洗面間裏去了。麗君把阿三仔安置在梭化椅上後，便走過來摟住了至中，拚命地親吻。連她自己也捉摸不住自己是什麼心理了。昨夜裏和丈夫接觸時，便後悔和至中草率地結了關係。但是今早晨一看見至中，又覺得有無限的情熱沒有宣洩般的，比新婚的夫妻還更有意味。在學問上，人格上，及外貌上，至中不見得高於梅苓，但是在性的一點，她像做了他的奴隸了。因爲至中對她的蹂躪，實在比梅苓刻薄，比梅苓殘酷，這反轉使她不能離開至中了。梅苓只以至中對麗君的手段對梨花，不敢以之對妻子，這更使麗君對梅芩失望。因爲梅芩常兩三個月來不回家來,有時回來,她仍不能獲得強烈的性愛的刺激。所以麗君的心也就漸次地遠離她的丈夫了。

他倆相擁抱着熱烈地接了一陣吻後,至中問她,

"下半天能出來麽?最好今天我們到新新酒樓吃中飯。"

"讓我想想看。"

"要快點決意。等下他回房裏來了,不好說話。"

他催促她。

"可以吧。"

她微笑着說。她騎在他的膝上,再和他接了一個吻,便站起身來過去抱阿三仔。因爲那個小女孩兒等她的母親等得不耐煩,哭起來了。

聽見梅芩在室外的脚步音,至中再在麗君的

蒼白頰上吻了一吻後，對她叮嚀了一句，

"十二點，至遲十二點半，一定要來喲！"

"⋯⋯⋯⋯⋯⋯"

她抱着阿三仔只點了點頭，報了他以一陣有深意的媚笑。

梅苓一進來，還是目光四射地在偵伺她們的舉動。至中看見這個情形，便站起身來告辭。這正合梅苓的意思。

"那個痨火鬼，眞不自重，時常走來。不要把肺痨病傳染到我們家裏來了！"

梅苓看見至中走後，故意這樣說。

"他的身體這樣白胖胖的，也有肺痨病麼？"

"那是遺傳病。他的父親是患肺痨病死了的。他也患初期的肺病，那一個不曉得。"

"⋯⋯⋯⋯⋯⋯"

她聽見了後，一時又無話了。儘站着發癡。

"今天有太陽了,天色好些。麗君,我們到公園去走走好麽?"

他拚命地想去挽回妻的心。但麗君仍然像沒有聽見他的說話。

"怎麼樣?"

她雖然抱着阿三仔,但給他拉到梳化床邊來了。他再要求親吻。

"可以麽?"

"不是你的老婆麽?誰拒絕過你來?"

她說着又掉眼淚了。

"怎麼? 我看你心裏定有不快意的事,快點說出來,我可以替你排解。"

"................."

她只搖搖頭。

梅苓捧着妻的臉熱烈地接吻。

"你不要把至中的肺癆菌傳染給我了。"

梅苔故意和麗君取笑。這可把麗君激惱了。

"放屁！你莫要把梨花的病菌傳染給我了。"

她說着站了起來，急得梅苔也跟着站了起來陪禮。

"我是說笑的。何必這樣認真起來生氣。"

"好了。你不要儘在家裏麻煩我了。你看你的梨花去吧。"

"我看你多喝了那個肺病鬼的口涎，便發瘋起來，不顧丈夫兒女了！"

梅苔恨起來了，罵了妻一句。

"你先不要妻子，此刻也有資格罵人麼？你會找你的情人，怎麼禁得我去找情人呢？"

"你眞地和耿至中有了關係麼？"

"你一點丈夫氣都沒有！你管我和他有關係沒有關係怎的？有了關係又怎樣？沒有關係又怎樣？"

"有了關係，我就和你離婚！……"

麗君不等梅苓說完話，便哈哈地笑起來了。
"求之不得！"
梅苓看見麗君的態度這樣倔強，知道硬說下去就要決裂了。
"過去的事彼此都莫責問了。麗君，我們恢復從前的和暖的家庭吧。"
梅苓坐在梭化上，低下頭用左手的三根指頭支着額，發出哀音來了。麗君看見丈夫這樣可憐，一時不知道要如何回答的好。
過了好一會，她欷歔地流淚了。
"我想我和你到了這樣的狀態，還是分手的好。"
她說了後，拿了一方小手巾來揉鼻孔。
"什麼？麗君，你說的是什麼話？"
梅苓顫聲地說。
"一切話也不必說了。我也不責備你了。你也莫來干涉我。總之，你離開了我，可以做個自由人。我離開了你，也可以做個自由人。彼此恢復了自由，才是幸福的。"

"那你想錯了，以後要後悔的。"

"或許是想錯了。但這是應各人的主觀而不同的。在我不覺得是怎樣錯的。我忍耐着等了你六七年。但是到了今天，是無法追救了。"

"怎麼到了今天，便沒有方法追救了呢？我可以不問你的過去，只要你今後做我的賢夫人就好了。"

"所以我要和你離開。因為你從來只是自己打算，只知利己，以為女子是完全應當為丈夫犧牲的。"

"但我不想離開你，麗君！"

"那是我一個人想離開你了。"

"不是雙方同意，所以希望你能反省一下。"

"老實說,在兩天前我還是不想離開你的。經近兩天內的反省,才知道要離開了你,彼此才有幸福。因為這件事我苦想了幾天,連頭腦都想痛了。"

麗君的聲調含蓄着有無限的憤恨和悲哀,頗動得很厲害。

"為什麼要這樣苦想呢?"

"社會上誰都知道我是你的妻。但是數年來,我不是只担個虛名麼?我想連這個虛名都不要了。我本來不想這樣快就離開他們兄妹三個,到了今日,為我個人的前途計,我不能再等了,不能不離開他們小兄妹三個了。所以我苦想了幾天。……"

麗君嗚嗚咽咽地哭起來了。

"那是你的誤解。我在過去雖然有些地方對不住你,但照現社會的習慣說來,我覺得決不是會引起你和我脫離的一件大罪。所以我希望你要把度量放寬大一些,我以後也多多留神些就好了。…

…"

"你的話聽來也是一篇道理。不過那是你的主義。你是看重現社會的習慣的。至於我是想打破現社會的習慣的。我要信從我自己的主義。你不能使我屈從你的主義。所以一刀兩斷,決決絕絕地兩不相涉最好。………"

"麗君,你還得再深想一番。不要潦草地幹了,到後來翻悔。我因爲在外面做事,當然不能專爲一個家庭,還要爲國家,爲社會,所以有些應酬和交際。譬如我和梨花的事,也不過是想從她多認識幾個黨國要人而已,何嘗是眞心愛她。因爲她手段高明,交結有不少的名流和要人,有時候要利用利用她而已。麗君,我還是眞心愛你啊!"

"………………"

梅苓的辯解,對於麗君的燃燒着的憤恨的心火,還趕不上半滴雨水的效力。她只當丈夫的話不過是一種空虛的音響。

梅苓看見麗君不回答,以為她是有些轉意了。忙拉着她的左腕,再要求和她接吻。

"快不要做這樣的醜態!"

麗君像忽然地想着了什麼事,十分嫌厭她的丈夫了。

"不情願麼?這是愛的表示喲!昨夜裏好好地親熱過來,怎麼至中一來過後,又變態度了?"

"不是真摯的愛,假親熱,多麼難看呢?"

但是梅苓仍然過來想摟抱她。麗君抽身站了起來,一陣熱淚又撲撲籟籟地掉下來了。為什麼會落淚,麗君自己也莫明其妙。她也恨眼淚流得太唐突無理由了。若梅苓當自己還是為在戀留着他而流淚,豈不是大笑話麼。

梅苓看見麗君在流淚,以為有轉機,更加柔聲下氣地勸慰她。她看見丈夫那樣柔聲下氣的醜態,心裏更厭煩。

"你無庸對我謝過。我對你也沒有什麼過失。不過我的感情早離開你了。"

麗君說到這裏，免不得想到昨夜裏和至中在 Astor House 裏的狂熱的情景。於是又覺得自己的內心未免太醜惡了。

（十五）

　　到了十二點鐘時分，娘姨來報告愚園路那邊差人送有信來。梅苓聽見忙跑下樓去，不一會走上來，就拿帽子，穿外套，說要出去一趟。這更給了麗君以一個口實，使她理直氣壯地到新新酒樓看至中去了。

　　她和至中居然成為戀愛同志了。她覺得和至中的關係決不是醜劣的，而是宿命的，必然的，自然的。在新新酒樓算是第二次的擁抱。但他倆都感到像是有數年來的舊交了。他倆互相摟着親吻，並不感着半點臉熱。他倆在這樣的新境遇中，也不會失掉他們平素的鎮靜，總之，他倆對於這樣的密會的態度，是極安閒的，大胆的。

　　最後至中對她說，常常要到旅館去是不很方便，也不甚經濟的。他希望她至少能隔天到他的寓裏來。他在蒲柏路的一個白俄的家裏租有一間Boarding room是個適當的幽會的場所。當然麗君答應了。

　　"每天坐黃包車來好了。要車費我先給你幾塊錢吧。"

　　他笑着對她說。

　　"誰要你的錢！⋯⋯⋯⋯車費要得了多少錢呢？"

　　她雖然鎮靜地說，但不免感着多少恥辱。

到了夜間十點多鐘，她們都氣疲力竭了。至中才叫了汽車送她回家裏來。她看見阿大一個人還沒有睡，在垂着淚等她。她便起了一陣心痛，登時流淚下來。

　　他們的計畫就這樣地決定了。差不多是她天天到他寓裏去。半個月之後，他的卑猥的態度，——獰笑着在期待她的態度，雖然會引起她的一種肉的刺激，但同時也給她以一種精神上的痛苦。

　　到後來，她不得不由他接受他的五十元的津貼了。名義是給她祝壽，買衣服和皮鞋贈給她。接到了他的津貼，使她的精神上更感着痛苦，而他對她的態度也更猥褻，更倨傲了。

　　"自己完全是一個青樓中人了。"

　　她暗暗地歎息。她想最後的方法唯有向社會和他正名義了。

　　至中像沒有什麼誠意和她過永久的同樓生

活。他像倚恃他的強烈的野性和堅靭的腕力，可以征服她。的確，睡在他的腕中的她，眞是絲毫動彈不得。他的這些深刻的態度，也促起了她的自暴自棄的反作用。

她每當從黃包車跳下來，一踏進那家弄堂時，胸口便突突地跳躍，下腹部裏面也像有個渦流在不住地迴轉，週身都給一種情熱包圍住了，敲了敲他的房門。

"是那一個？"

至中在裏面一定不忙開門，先要這樣地問。

"是我！"

她當然要顫聲地回答這一句。

門便開了。看見他的那樣猥卑的狀況，她自然地要急急地把房門閉上。他像死屍般地躺在床上，她只能向着他苦笑，禁不住走前去摟着他的頸項。滿房裏登時漂散着微溫的粉香，和反射着的雪白的肌色。

　　經過了半個多月的接觸，至中才發見這個做了三個小孩子的母性的麗君還有這般的美麗，也不曾預料到她會這樣的Active。她以同樣強烈的反作用伸出雙腕來摟抱他，她的臉上也同時發出有光豔的微笑。有時她像狂人般的緊緊地抓住他，她的態度愈狂熱，愈使他覺得她可愛。柔潤的紅唇，閃光的星眸，富有曲線的胴體，像蚯蚓般地轉動，更促動了他的兇焰，同時也可以說從她的肉體內迸出火焰來迎合。在她只有燃燒着般的血潮，緊迫着的神經，騰沸蒸發着般的氣息。她的狂熱，眞是他所預想不到的。

　　她早現出了她的娼婦的本性。他的肉身只是做了她的情熱的導火線。他常常在逸樂中滿足了後，才開始受她的襲擊。在數年間潛伏着的她的情熱因他的撥撩，像火山般地爆發出來了。

至中當然只當她是一個情婦。但這種態度使她感到他的雙腕比梅苓的更有氣力。他的動作比梅苓的更爲強烈。他的擧動雖比梅苓的猥鄙，但更有深味。總之，和這個情慾強烈的男性接觸之後，她的心理和生理上也起了激烈的變動。神經銳敏的女子的一切本能性，以從來未曾有的威勢激發出來了。在她的纖瘦的蒼白的身體中，常常湧着狂熱的波浪。有時候她是像十二分無恥的，先暴露出她的全體來，由她的頭部至足部都發生一陣神祕的戰慄。連他看見，也有時會替她臉熱起來。

　　他終於感着疲倦了。但他怎敢對她直說呢。他仍然要和她敷衍。他覺得從前的幾個情婦並不像她那樣露骨，那樣 active 他漸次覺着接吻之無味了。不過對她仍然保存着幾分的享樂的好奇心，所以他還沒有辭退她。他也曾自動地向她請求過三五天的休息，他確有些厭倦她的素體了。但是寂寞过了二三天后，又会像醉了般地思慕她的热烈的亲吻。

结局他战败了。他的战败使她回忆到她的丈夫所说的话，他是患初期的肺痨病者。但他病了十多天后，又继续他们的幽会了。她在赴他的寓所的途中，坐在车子上这样想，

"我们的关系虽然达到相当的程度了。但彼此还没有接受对方的全部。这恐怕不能持久的。今天还是要向他提出最后的商议才可。"

但是到了他寓里，幽会还是和日前一样在暗默中举行了，不知是什么理由，她今天对他总是怀着一种恐怖。她只默从了他的要求，没有日前那样的兴趣了。

事后她还伏在他的胸膛上喘着气说，

"至中，我们往后怎么样？不是要想一个办法么？"

"是的,該想一個辦法的。你的意思怎樣?"

"你呢?我是個女人,有什麼辦法呢?只有跟着你去。"

"我不是早說過了,我們到日本去暫住一兩年麼?不然,就到香港去。"

"你是真心為我的,是不是?我為你犧牲了梅苓,犧牲了………"

她吻着至中流淚了。

"此刻才來說那些傻話麼?只怪你捨不得小孩子。不然,我們早到日本去了。"

"我只想帶阿三一個小孩兒和我們一塊兒走。"

"那不能夠。我頂討厭小孩子的。有了小孩子,我們還希望什麼幸福,快樂?為小孩子犧牲了自己,是再蠢不過的事。"

"……………"

麗君低垂了頸項，沒有話回答了。阿大，阿二，阿三三個小孩子的不住地轉動的巨黑的瞳子立卽在她的眼前幻現出來。她忽然地悲傷起來，快要流淚了，忙極力忍住。

"我此刻是世界上最可憐的人了。假如你又丟了我時，梅苓雖然沒有和我決絕，但是我已經和你結上了這樣深的關係了，還能夠回到梅苓的懷裏去麼？"

接着她又告訴他自半個月前以來，她完全拒絕了梅苓，不准他侵犯她了。這完全是爲他啊。

"你們不是夫妻麼？我不相信！"

至中以說笑的口氣說。

"啊！你這個沒良心的人！"

她伸出右掌向他的左頰上批了兩下。過了一會，她再問他，

"怎麼樣？我們要快點決定主意。"

"有什麼怎麼樣？走就是了！我們還是先到日本去逛逛吧。等我明天到書店裏去叫他們往後把我的稿費版稅寄到日本來。我還要和書店訂一個特約。我們以後的生活費才有着落。"

"我只是佩服你，單靠一枝筆，能夠有這許多收入啊。"

"那是靠不住的。"

"比做官的靠得住吧。"

"最好是做官，一點不費力的，可以掙大宗的款。在中國最好當軍閥，其次當官僚。無可奈何的智識份子才靠筆吃飯。那能長久靠得住呢？"

給至中這樣一說，麗君又悲觀起來了。在從前，她只聽見一般人的批評，至中是中國的戲劇大家，替影片公司編一部劇本，便有二三千元的報酬。每年寫二三部劇本，就可以過極舒服的生活了。現在聽他說來，又好像極困難的樣子。

"聽人家說，你的劇本很值錢，至少每部也有兩千元的稿費。"

"話是不錯。但要有人向你買。近三年來，我只賣了兩部劇本。的確，有一部是三千元的，但是那一部只賣得一千二百元。三年間僅靠四千二百元，那裏夠用呢？所以我近來的生活，還是靠零星稿費，和從前所寫的一二部書的版稅。"

麗君想，儘談論這樣無聊的經濟問題是沒有意思的，反轉減少了兩人間的熱度。她只要求他早日帶她離開上海，不論到日本去亦好，到香港去亦好，她實在不願意再和梅苓見面，也實在不好意思再和梅苓見面了。

在臨走的前晚，為三個小孩兒整整地哭了一全夜。她寫好了一封信，在趁船東渡的一天，投郵寄給在南京的梅苓，說明她跟至中東渡的理由和經過。

(十六)

　　至中和麗君自東渡以來，倏忽又三四個月了。至中從前來過日本一趟，在東京住有一年之久，知道東京煩雜，不便讀書，所以帶着麗君在京都近郊租了一家小平房，度同棲的生活。

　　三四個月來，每天過的都是熱烈的擁抱的生活。麗君改穿了日本式的衣服，又另具一種風緻，把至中的次漸頹喪的熱情挽回了好些。

京阪神一帶的名勝都遊覽盡了。吉野山和嵐山的櫻花也散落了。季節已經入了乍陰乍晴的初夏期。麗君也漸漸覺得兩人的生活一天一天地平凡，每日只是煩悶多而歡樂少了。她的日常正經生活，除替至中抄謄稿件之外，便是燒飯和洗衣服。最初是以一種好奇心從事的，過了二三個月之後，就感着疲勞和痛苦了。

"我們僱用一個下女吧。"

有一天麗君告訴至中，她的腰部有點酸痛，大概是因爲燒飯洗衣服，多蹲了時候。

"經濟上不容許我們啊。"

給至中這末一說，麗君便想起兩星期前，他把譯的一篇二十餘萬字的稿件寄往上海書店去，昨天由郵局退回來了。這可給至中一個大大的打擊，在郵局裏的存款只有七八十元，是她所知道的。她也曾爲這件事担心，因略提出來向至中說過。但聽他的口氣又像一點不憂慮，很有把握般的。她又想，自己的私蓄三百多元，也為兩人的生活，早用完了。最初同逃出來時，決了心什麼都可以為他犧牲。但是到了今日，覺得她自己的三百多元，只是奢侈地花了，一點不切實際，實在可惜。這些本該由至中負責的。

還有一件事足於使麗君抱悲觀的，是由近來和至中的接觸，知道他是患了什麼毛病，已經傳染到她身上來了。天氣漸漸地熱起來了，她也愈覺得身體不如從前了。不單腰部常常會酸痛，近來下腹部也時時隱隱地作痛了，多行了幾步，便像會掉下來般的。至於頭腦，差不多是每天都在發暈，暈得什麼事都不能做。她早想到大學病院去叫醫生診一診，因為她有一個同鄉在京都帝國大學醫科研究，勸過她要早點治療，等到日後病勢重了時，反為麻煩。她便和至中說了。但因為一時經濟的拮据，至中不說可以，也不說不可以。她的提議就在暗默裏打消了。當然，她心裏頭是十分不願意的，覺得至中對她的健康太不經意了。同時，每天又還要操作，燒飯，洗碗筷，抹檯席，洗內衣服，勞作得不堪時，她便不免有幾句牢騷。

"像你這樣不能同甘苦時，就請你回上海去吧。每天總是這樣嗟聲歎氣的，妨礙了我的研究工作。我堂堂一個男子漢，怎能夠單給一個女人歪纏着，每天說婆婆媽媽的話呢？"

"⋯⋯⋯⋯⋯⋯⋯"

她給他這麼痛罵了一番，傷心極了，一句話也不能回答，只低着頭一面流淚，一面洗他的內衣褲。她的頭腦內部，便像給鉸剪剌着般地激痛。

吃過了午飯，至中穿得十二分漂亮，說要到圖書館去查查參考書。但她不相信，她知道他又是和他的一個朋友在大學文學部選科念書的姓郭的一同到什麼歌劇場去看歌舞女優。至中近一個月來，每從外面回來，高興時便會摟着麗君對她說他今天看見了如何美麗的日本女優，又在浴堂裏看見了如何漂亮的裸體美人。麗君聽見，心裏便沒有好氣，因為他在形骸上雖然是擁抱着她，但他的精神却飛向到那個美麗的女優和那個裸體美人身上去了。她想到這層，眞想一手把至中推開。不過一想到這定會引起兩人間的風波，結果徒增長自己的懊惱吧了。於是又忍耐住了。

她一聲不响地望着至中出門去了。從前他一個人出去時，定要和她親一個嘴的。近兩個多月來，他倆不再行這種儀式了。她把小矮桌上的碗筷收拾到廚房裏去後，只堆在一隅，也懶得下手洗了。

在矮書桌前痴坐了一會，阿大，阿二，阿三的可愛的臉兒一個個像走馬燈般地輪着在她眼前幻現得十分明顯。她禁不住伸出雙手來想去抱阿三，却攬了一個空，她便嗚咽地哭出聲來了。

自跟至中出來，從沒有思念過那三個可愛的無邪的兒女。在夜裏因爲有至中睡在身傍，也不曾有一次夢見過他們三個小生命。不知爲什麼緣故，今天竟深刻地思念起他們來了。

"啊！放蕩的爹爹先害了你們！殘忍的媽媽又丟了你們走了！你們此刻在啼哭着想你們的媽媽嗎？你們乖乖地長大起來吧！殘忍的不中用的媽媽，你們莫去想地了啊！阿大，阿二，阿三喲！你們知道你們的媽媽在什麼地方麼？你們的媽媽走後，爹爹還是一樣地不理你們麼？………"

也是兩個月以前的事了，他倆的性生活早過得厭倦了。有一天她看見他和她接了一個吻後，就是一個呵欠。她看見這個情況，便感着無限的悲哀和寂寞。

"如果你可以答應我時，我真想設法託人向梅苓交涉，把阿三要了來，我們也熱鬧一點。"

她苦笑着說了後，便感着一種慚愧，同時希望至中有個回答，不能作肯定的回答，就給她一個否定的回答也好。但當她望見他的臉色時，她便感着一種極大的侮辱和絕望。因為他聽見她的說話後，登時沉下臉來，等了好一會，才略抽動一抽動他的鼻孔，嗤了一嗤，一句話不回答，臉色像將枯的荷葉般的蒼黃。

她又覺得梅苓說的話也並不是造他的謠言了。她近來常看見他一面寫字一面乾咳，也時常聞着從他的氣息發出一種惡臭來。

"和梅苓同棲，尚且難全始全終。和這個病人同棲，還希望白頭偕老麼？"

她坐着癡想了好一會，下腹部忽然抽動了一下，便起了一陣腹痛。她忙跑進廁所裏來，在廁所裏蹲了一會，淅淅瀝瀝地下了一陣液體。她忙低下頭去檢視一下，是一種黃白色的粘液，還混有些像蛋殼蛋白間的皮膜一樣的白膜片，同時發散出一種奇臭。她看見後，又起了一陣昏暈。她快要昏倒在廁所裏了。

　　好容易才收拾乾淨了，企起身來，就聽見門首有客來了在叫門。她忙伸手支在牆壁上，慢慢地從廁所裏走出玄關裏來。

(十七)

來客不是別人，正是她的同鄉嚴子璋，在醫學部附屬病院研究的留學生。她勉強支持着，請他到裏面房裏坐下來。又忙到廚房裏去，說要燒開水。幸得嚴子璋拚命地止住了她。

她覺得在這世界中，對她最親切最關懷的只有這個同鄉了。異域飄零，已經有無限的傷感，加之所遇非人，一誤再誤，終至精神和肉體雙方都受了極度的痛苦，在這樣悲慘的境遇中，忽然得到這個馴謹質樸的青年的慰籍，她就有些像久旅沙漠中的隊商，忽然發見了清泉般的。

她當然把她近來的苦況告訴了他。同時因為他是醫生，也把她的不堪告人的病狀告訴了他。

"女人的血液循環不良，常常會引起這樣的毛病。或許是你身體太弱了。我替你診察看看好麼？"

嚴子瑋雖然漸定她是從至中染到了不良的性病，但不便唐突地就說出來。第一是怕把她嚇倒了，陷於絕望，會引起難預料的悲劇。第二怕給至中知道了，懷疑他是離間他倆的感情。

"那謝你了。"

"請你躺着，讓我診察你的胸部，看肺部有沒有障礙。"

她是穿着日本服，要解開胸部來雖然不算麻煩，但覺得單和一個青年相對，要袒露出胸部來，未免傷了她的尊嚴。她紅着臉,躊躇了一會。

"如你不願意,我也不敢相強。最好你和至中一同到我們病院裏來診察。……"

嚴子璋一面說,一面把才取出來的聽診器再納回衣袋裏去了。

"…………"

她想,好幾次對至中說了,要他帶她到病院去診察一回,但都給他不置可否的態度打消了。她的身體確是一天不如一天了。有了健全的身體才能夠談其他的事項。還是信賴這個青年醫生,把身體調治好了,再說吧。

"不是不願意,不過怪難為情的。"

她紅着臉向着他笑。

"我們當醫生的是看慣了的,一點不覺得什麼。有病怎麼可以祕密不給醫生診治呢?

他苦笑着說。

"是的,只要病能夠好。"

她說着,躺在土席上了,也自動地解開了作Y字形的襟口,雪白的胸脯和雙乳便露出來了。嚴于璋以嚴肅的態度,聽診了一會,又在胸坎處按了幾按,敲了幾敲胸骨後,她便把胸脯掩起來了。

"肺部沒有問題。………"

他才說了一句。她便坐起來接着說,

"我想定是生殖器官患了什麼毛病吧。"

她這時候的態度却一點不會害羞了。

"但是,你們不會患這些毛病的吧。你們結了婚幾年了?"

她和嚴是在故鄉小學校時同過學來,自她跟着父親出來上海後,和他一別二十年,沒有會過面,此次在京都,還是先由他認識至中,以後才會見她,互談到過去的事,才知道兩人是幼小時代的同學。但他還不知道她是有前夫李梅苓,做過三個小孩子的母親的女性呢。

"有四五年了。"

她含含糊糊地回答了這末一句。

"你們結婚後生育過來麼?"

"…………"

她沉吟了好一會後,才搖了一搖頭。

"那你們間,一定有一方面身體上有障礙的。"

"什麼道理?一定要能夠生育才算是健全的身體麼?"

"男女雙方,如果是常態的身體,應當生育的。不能生育,當然是身體上有障礙了。"

麗君想,自和至中同棲後,身體便一天不如一天。據嚴子璋的說話,一定是從至中身上傳染着什麼病毒了。

"一念之差,鑄成大錯了。都是那個鼎鼎大名的戲劇家易卜生害了我了。沒有念他的傀儡家庭,自己決不會丟了丈夫，丟了小孩子和他逃出來的。"

她這樣地想了一會。忽然流出眼淚來了。

"怎麼忽然傷心起來了？"

嚴于璋看見她雙腮上垂着淚珠，驚異着問她。

"沒有什麼。"

她搖了搖頭，不便告訴他，她是在思念小孩子呢。

"你定有什麼心事，何妨告知我呢。"

他以誠懇的憐惜的口氣問她。

"我想回上海去，我住在這裏，寂寞得不耐煩了。又不懂話，一點意思也沒有。天天坐在這間小房子裏，像坐牢般的。"

"的確，你們回上海住，還便宜些。至中又不是進了正式的學校。他只想在這裏抄抄書吧了。其實回上海去還是一樣可以抄的。金價又高了，要由中國滙錢到這裏來，眞不容易啊。"

"他天天只是迷戀着日本的女優，款也不打算籌，書也不打算抄了。"

"你還是在這裏把病治好了後再囘上海去吧。有了病，什麽事都做不來了。"

"我近來對於什麽事情都是悲觀的。大概也是因爲身體有病吧。"

他們便商量定了，明天他來伴她到大學醫院婦人科去診察，看患的是什麽病症。

第二天，在醫院診斷的結果，是子宮內膜炎。病源是由於感染了淋菌。這是在顯微鏡下檢查她所下的黃白色的粘漿證明出來的。

嚴子璋站在一邊，幫忙一個醫生替她檢驗局部，她已經十分不好意思了，忙翻過臉去，不敢望他的臉。及聽見他訥訥地告訴她，她是患性病時，她更難堪了。當時的感情，有點像聽見裁判官對她作死刑的宣告。

医院方面告訴她，最好是住院才容易治療。因爲這種病，要多多洗滌。每天來一次總不大方便。並且多走動，多坐車，也於病症不利。嚴于璋便把這個意思翻譯給她聽了。

"讓我回去和至中商量了後再决定吧。嚴先生不是別人，對你說也不要緊，我們近來的經濟狀況實在太困難了。"

她說着眼淚便從眼眶裏滾下來了。

"每天到病院去診察和住院費用，所差無幾的。如果至中的手頭上不便時，我替你先墊些出去吧。"

她聽見忙向他鞠了鞠躬，表示感激他。

"你主張我住院？"

她再微笑着對他說了這末一句。

他送她回到家裏來時，至中又不知到什麼地

方去了，不在家裏。他坐了一會，把關於這種性病的注意及調養向她說明了。她只臉紅紅的低垂着透明的頸項聽。聽到有些不好意思的地方，便不得已望着嚴于璋笑了一笑，罵他討人厭。

嚴于璋臨走時，還向她叮囑了一句，

"醫生至囑我要告訴你，患了這種病症，再和至中親熱不得，要節制一下才好。"

她聽見又臉紅起來，再罵了他一句討人厭。嚴于璋走後，她便一個人在想沉。

"莫非他也對我有什麼分外的懷想？"

她想像到那一點，便感着半分得意，半分羞愧。

"不。決不會有這件事的。他是個醫生，又明明知道我是患了這樣的傳染病，他還會思念我麼？"

她一想到這層，又像受了一個大打擊，十二分地失望了。

但是她自從那天以後，每日都會思念嚴于璋這個人了。又相隔天數太久不能和他會面時，便感着一種寂寞和焦燥了。

"這樣的心理狀態莫非就是戀愛的表現？"

她一個人在思疑。於是她覺得嚴于璋的誠懇的質樸的像女性般的溫柔的性格，眞是十二分的可愛。

到了夜裏，當至中向她要求時，她便恨恨地戹罵了他一番，並要求他要負責送她進病院去療養，否則她唯有自殺了。望着麗君在不住地啜泣，同時回想到去年春他自己在上海每天到一家專門花柳病的病院去治療性病的情況。他還不是個像中國今日最新的軍閥官僚全無心肝的人，也承認害了麗君的實在是他自己，故他再無勇氣爲他自己辯解了。他承認了她的要求，贊成她第二天就搬進病院裏去。

"離開了她，自己也可以更自由地嘗嘗日本女子的風味啊！"

他當時又發生了這樣的慾念。於是他說笑般地問她，

"你進了病院後，容許我和日本女子交際交際麼？"

"我再沒有心緒管那些閒事了。我是在半死狀態中的人了！"

她再流淚了。大概又是思念着在國內的阿大，阿二，和阿三吧。

第二天上午，她進了病院。在病院中住了三四天後，就聽見至中把住家解散了，改住在一家下宿屋裏去了。

(十八)

麗君在病院裏住了兩個多星期了，于宮病的經過頗良好。于璋每天或在上午，或在下午，一定會來看她一次，安慰安慰她。至中最初一連五天，每天下午都來看她一次，過後便是隔天來一次了。到近來，一連四五天都不見來看她了。

有一天下午，于璋走了來。在麗君的病室有兩張病床，她初進來時，祇她一個人。但在前天，又來了一個病人,於是她有個病室的同伴者了。子璋和她說話時,也感着幾分拘束了。

"今天他來了麽?"

子璋在她的病榻前坐下來時,便這樣地問她。

"還不見他來。"

麗君回答了後,微微地歎了口氣。

"一連四天不來了。"

子璋的心理半是希望至中永久不會來看她,半是擔心至中是因爲看見他和她接近得太密了,惱恨起來,索性不理她了。

"連今天是五天了。………他不來也算了!"

她最後以憤慨的口氣說。但說了後,還是流淚。

他眞想不出什麽話來安慰她了。

前天才搬進來和麗君同病室的是一個十六七歲的日本女子,她的眼睛鉅深;臉色紅潤,完全不像一個病人。但是雙頰部異常瘦削,表示出一種哀傷的面影。

"她也是患性病的麼?"

麗君低聲地問于璋。

"不。她患心臟病。"

于璋略翻過臉去望了望睡在對面病床上的日本少女,看見她也在睜着巨眼不轉瞬地望着他倆。

"這末年輕,就患了心臟病,真可憐!"

他歎了口氣。

"你對女性真是多情啊!"

麗君笑着對他說,于璋忽然臉紅起來了。

"有病的人是應該對她同情的。"

"做你的老婆的人,一定是很幸福的。"

麗君說着注視了他的臉一會,等到他的視線轉向到她臉上來時,她又低垂了頸項。

病室裏沉寂得像荒山中的古寺了。連低微的

咳嗽都聽不見。

"你有工夫要多來看我啊,嚴先生。我一個人在這裏,真是寂寞得會害怕起來。"

過了好一會,她又這樣地破了沉寂。

"好的。你如不討厭我時,我定來的。"

他微笑着說。

"……………"

她只恨恨地看了他一眼,接着又垂下淚來了。他忙握着她的雙手道歉。

"如果我的話唐突了你,請你恕宥我,不要生氣。"

她給他握着手,一句話不說。其實她是無話可說了。她對于璋只是滿腔的感激和愛慕。但這樣的心情怎麼能夠對他說出口呢。她只恨自己是多經了風塵,不是個健全的純粹的女性了。還有什麼資格去愛像于璋一樣的純樸的學生呢。

他倆還緊握着手，忽然聽見有人在病室外敲門。子璋聽見敲門的音響，胸口比麗君的更跳動得厲害。他想，這個來客一定是至中了。他忙離開了座位，跑到門邊去，把門扉打開。站在他對面的，果然是耿至中。

"恰恰好，嚴先生也在這裏，給我猜中了。……"

至中一看見子璋，便高聲地這樣說。子璋只覺得他的話中是有刺的，自然地臉紅起來了。

"像我患了這樣討厭的病症的女人，你還懷疑我有什麽嗎？"

麗君沉下臉來向至中發牢騷。她一面流淚，一面繼續着說，

"我不會說日本話，嚴先生不來招呼，不來當個翻譯，叫我像啞巴般的住在這裏，怎麽樣呢？"

"不要發牢騷了。誰會懷疑你什麼呢。你近來

總是這樣多心的。"

至中忙苦笑着安慰她。

"我不知要如何地報答嚴先生才好呢。"

麗君揩了揩眼淚後，半像對于璋說，又半像對她自己說。

"應當報答的，應當報答的。由你的意思去怎樣報答吧。"

至中的這句話，在麗君和于璋聽來，又有些刺耳。

過了一會，至中才告訴他們，他明天卽赴神戶搭上海丸回國。因爲有一家大學聘他去當文學教授。他回上海去後，自曉把麗君的住院費寄來，並且託于璋要多費心些替他照料照料。當然，于璋也不能推辭。

"我的病好了，退了院時，怎樣呢？"

麗君的態度還是很不高興的，這樣地質問至

中。

"回上海來就是了。動身前，打一個電報來給我，我會到碼頭上來接你的。"

麗若因為近來日見傾心於于瑾，更覺得至中是滿身俗氣，滿身病毒，也打算把疾病治療好了後，不再和他親近了。

"你一到上海後，就至少要匯百元的日金來給我喲。"

當至中臨走時，她再叮囑了他這一句。于瑾當他們夫妻(?)有什麼祕密話要說，忙退出病室外去。他站在室外的廊下，便起了一種想像，即他倆最少在相摟着親吻吧。於是于瑾憑空地起了一種無名的嫉妬。

"糟了，糟了！我陷入情網裏去了！"

于瑾在暗暗地歎息。

至中走後，又過了兩個多星期，果然不失約地寄了百元日金來。麗君便把全數交託于璋了。

"你替我保管着吧。我住在這裏不要什麼錢用。住院的用費，還是要拜託你替我清算呢。"

于璋想，她說的話也合道理，於是無形地便替麗君負上了經濟的責任了。

麗君住院快要滿兩個月了。據主管的醫生說，不久便可以退院了，最多只要兩個禮拜。麗君也覺得身體精神比從前好得多了，不會天天頭暈了，也不會天天腰痛了，當然也不會再下那些黃白色的骯髒的粘液了。她的身體一一恢復了健康的狀態，對於世事又有幾分抱樂觀了。她每天所抱的希望就是和于璋間的戀愛的成熟。她也明知于璋是在思慕她，不過她又擔心日後于璋察覺了她是一嫁再嫁之身，兼之患過了性病，不知能否和她結婚。所以她近來只為這件事焦心了。

"嚴先生，我什麼時候可以退院？"

"你的病已經算完全恢復了。要退院馬上也可以退院。不過醫生說,多洗滌一兩個星期穩當些。"

"真地完全好了,我的病?"

她喜歡得流下眼淚來了。

"我天天看着你的,怎麼不曉得。"

麗君想到于璋天天在看着她的局部的治療,便羞得滿臉緋紅了。

"做醫生的人,都是壞透了的!"

她仍然紅着臉笑向他說。

"怎麼說?"

"當我治療的時候,你們不是在笑着說許多話麼?真是豈有此理!"

她裝出慪恨的樣子看了他一眼,她的視線像會鈎人般的。于璋便坐到她的床沿上來了。幸喜那個患心臟病的少女出去了,不在病室裏。

他再撫摸着她的曾經他撫摸過幾次的皓腕。

"你退了院,就要回上海去麼?"

于璋問她。

"不。沒有伴,我要等你一路回去。"

"我要考完了畢業試,再等一二星期,領得文憑後,才動身喲。"

"就等到明年,我也情願。"

她說了後,斜睨着他一笑。他倆都不約而同的臉熱起來了。他待對她有所表示,那個患心臟病的日本女兒已經推門進來了。

（十九）

于璋因爲要領畢業文憑，在京都尚有一月的勾留，不能就送麗君回上海去。至中自從那回寄了一百元的日金，和寫了一封微溫的信來後，便無消息了。在麗君則以爲她的前途只有包圍于璋才有結果，所以至中那邊沒有信來，她也不去追究。不單不追究，有時候于璋向她提及至中，她反爲發煩起來，不願意聽。

麗君退院後，氣色比從前好多了。看去比進院時至少年輕了七八歲。

"你現在像一個女學生了。"

子璋笑着對她說。

"你總是這樣刻薄的，愛取笑人！"

她大胆地伸手向他的右頰上輕輕地拍了一下。她的手腕便給他捉着了。

"替你找一間貸間好麼？"

"不。我不懂話，我要和你住在一塊。"

"我住的地方也是人家的貸間。不方便請你去一同住的。"

他苦笑着說。

"不會找一家貸家麼，恰恰夠兩個人住的。"

"只個把月工夫就要囘國了，還去租貸家麼？"

"租了貸家，在這裏多住幾個月，等秋涼時再回去不好麼？上海熱得可怕。人家都想在這暑期內來日本海岸避暑。你反向熱的地方跑，不是傻子？」

于瑾也覺得麗君的話有道理。但是住京都還是一樣地炎熱。他想那不如索性在近海岸找一家小房子來住下，等領得了文憑後，便和麗君日夜相守，共度過這個炎夏吧。經了幾翻商量的結果，決定了在琵琶湖畔租了一家小貸家，兩個人便搬過去同住。距大學雖然遠了一點，但于瑾只有實習，不要上課了。每天預早搭火車到市裏來，也沒有什麼不方便。

最初搬來時，雙方都很矜持。但麗君服伺他，却比服伺至中週到。每天吃過了早飯，她定送他到車站邊來。傍晚時分，她也定出來門首張望，或竟走向車站，望望他回來了沒有。

他倆很歡快地吃過晚飯後，便爭着要洗碗筷。

「你去用你的功吧。這是女人家做的事。」

「但是你太勞苦了喲！」

"沒有事的。你還不是一樣勞苦麼?"

"麗君,你對待我這樣好,我不知要如何地報答你才好啊!"

他顫聲地說。

"………………"

她只望了望他,就翻轉身走向廚房裏去揩眼淚了。

她洗了碗筷,又提着開水壺來到他的房裏,替他泡茶。于是相對地喝着熱茶談了些關於日本的風俗人情的話。看看快嚮九點了,麗君便替于璋把被褥鋪好。

"我不再妨礙你的用功了。我也要去睡了。明天才得早起床"。

她微笑着向他告辭,退回隔壁的四疊半的小房裏去。

"不要緊,再談一會吧。"

于璋隔着一套紙屏風叫她。

"不。我要睡了。"

"麗君,你眞地日本化了。"

"什麼意思?"

她在隔壁房裏笑着問。

"你像日本女人般地會體貼男人服侍男人啊。"

"讓我一輩子當你的下女吧。"

這不是她笑着時的聲音了。

"不敢當,不敢當。"

但是從隔壁房裏,不見她有回話了。他傾耳細聽了一下,她好像在四疊半的小房裏啜泣。他覺得她眞是個可憐的女子了。於是推開了屏風走過來看見麗君伏在枕畔在嗚咽。于璋明知她是爲他而哭的,但他是正躊躅着,不敢倉猝地就對她有什麼表示。看見她這樣地傷心,他便跪在她的側邊,攀了攀她的肩膀。

"麗君,怎麼好好的又傷心起來?"

她揩眼淚了,只搖搖頭。

"至中許久沒有信來,你是思念他,想回上海去麼?"

他實在是愛她了,所以殘忍地再試探了她一次。她更嗚咽起來了。這次却伏在他的懷裏流淚了。他也不能自禁地隻手加在她的肩背上了。他眞想摟着她親嘴,但一想到今後的社會的批判,又失掉了勇氣。

"自己才從大學畢業,前途像旭日之初昇。萬一因爲她妨礙了自己前程的進展時,……"

他這樣想着,便無情地站了起來。

"麗君,我的話說差了時,請你恕我啊!"

但是他的這種態度,反使她大大地失望了。她再伏在枕上,竟痛哭起來了。

"于璋！………"

她顫聲地叫他。這是她第一次呼他的名字。

"什麽事？"

他再蹲身下去問她。

"如果我在這裏有什麽會妨礙你時，那就讓我先回上海去吧。我一個人會走的。但我不是回到耿家去，我是自己會，…………"

"你說什麽話？我們約好了的，等我領得了文憑後，就一路回國去。"

"我以什麽名義要求你同伴回國去呢？"

于璋給她這樣一問，真地無話可答了。過了好一會，他才說，

"我打算在上海開一家醫院，你可以幫忙我麽？"

"我又不是學醫的，能夠幫助你什麽事？"

"但也有許多事要人打理的。"

"…………………"

她仰起頭來，雙眼緋紅地看了她一下，便想，

"這個人不會愛我的了。他說的盡是敷衍的空話。的確，我是沒有資格配他的了。想和他結婚，實在太過分了，他還像個小孩子呢。"

第二天，麗君不能起床了。子瑋走過來檢查她的體溫，近攝氏四十度了。她看見子瑋，便高聲罵起來。

"梅苓！是你害了我的！是你這個放蕩鬼害了我的！"

子瑋也莫明其妙，不知梅苓到底是那一個。他打算再替她診察肺部。當他想解開她的胸部時，她又忙攔阻住他的手。

"你這個無恥的傢伙！不準你再來親近我！我的病都是由你傳染給我的！"

她睜着一雙緋紅的眼睛，怒視他。他有點害怕

了。摸摸她的額部和腕,都會灼人一樣的。他打算到市裏去備些藥,便站了起來,想向外走。

"于璋!你丟了我一個人走麼?也好,也好!你走吧!留我一個人在這裏吧!我一點不害怕的。你當我是沒有路可走了?哈,哈,哈!我可走的路還多着呢!我有阿大,阿二和阿三!作算他們不理我,也還有琵琶湖,黃海,和黃浦江!那些地方是我安身的地方。你不要擔心我會拖累你喲!"

她一邊說,一邊狂哭,哭得于璋也傷心起來,流淚了。

"她完全瘋了。要快些替她退熱。"

他想着更決心地走了出來。他還聽見她在房裏呼喊。

"好了,你走吧!你一個人走吧!你不睬我也不要緊!琵琶湖在等着我啊!不果,于璋,我不會對不住你喲!我死了後,你還是我的人啊!"

麗君病了一個多星期才起來,面部清減了許多,面色也轉蒼白了。但在于璋,反覺得她的姿態比從前動人了。

麗君的病才好,接着就是于璋攷試忙的時期,但也只有三四天。麗君還是起來和從前一樣地服伺他,不過比從前少說話了,也不常看見她的笑容。她眞有些像新僱進來的下女,有時候竟默默地蹙着眉頭。

"你太辛苦了,我對不住你啊!"

有時候他倆相對着吃飯時,于璋這樣地安慰她。

"在經濟上我多累你了,就做你的奴隸我也,........."

她鳴咽起來,話說不下去了。

"麗君,快不要這樣說!……"

他也有些悲楚了,忙擱下碗筷走近她身邊來,摸着她的肩背說。但她仍然是低着頭流淚。從前他對她是稱 Mrs 耿的,叫了二三次後,她便不准他這樣稱呼她。於是在一個期間內,他不叫她 Mrs 耿,也不敢叫她的名字。及進病院後,有一天,他竟叫她的名字了。在那瞬間,她感着有無窮的快感。但是一直到現在,每天他雖在叫她的名字,他的態度總是這樣微溫的。於是她又不覺得他之呼她的名字有如何的可貴了。她近來只是感着一種失望。

又過了兩個多星期,于璋領到了畢業文憑,在收拾行李,準備回國了。

"我們一禮拜後就可以到上海了。"

他笑着向她說。

"我不想回上海去。"

她很冷漠地說。

"爲什麼?"

他驚疑地問。

"我是無家可歸的人了！到了上海，你叫我回什麼地方去呢？"

她又悲哭起來了。他也覺得這確是件不容易解決的問題。好一會，他無話可答。

(二十)

他俩終回到上海來了。在G旅社開了一間房間，略把行李安置好了後，子璋就說要出去找耿至中。

"今天不准你一個人出去！"

她惱着對他說。他感着她的威力，便不敢動身了。但是他想，馱着這末一個女性，又不能和她正式同棲，在國外還不要緊，現在回到國裏了來，在上海會遇着不少的朋友，萬一因此做了他們茶前飯後所月旦的對象時，如何好呢？這是對自己前途有很大關係的。他感着一種不能言喻的痛苦了。他想送她回至中那邊去，但同時又捨不得她，怕離開了她後寂寞。

那天晚上，他和她還是和在神戶旅館時一樣地歡樂。由京都出來神戶時，在海岸旅館裏住了一宵。他堅持了數月之久的節操終給她毀壞了。他恨她，同時一樣地愛她了。當旅館的下女來請他們入浴時，

"你先洗去吧。"

他讓她先去洗澡。

"你先去吧。"

她也微笑着讓他先去。

"我這裏的浴室滿寬敞，你們夫妻倆怕什麼，一同進去吧。今天客人多，不要一個個地入浴，多

花了時間。"

給下女從傍這末一說，他倆都臉紅紅地互看了一下。

"那末，我們一路去吧。"

她操日本話，笑着誘惑他。

大概是運命規定了的。他只沉吟了一忽，怕跪在一邊的下女懷疑他倆是不正當的情侶，不得不說了兩個字去回答她了。

"好的！"

那個下女便送了他倆進浴室裏去了。他到底是個醫生，在浴室裏還掙扎了一會，但終給她降服了。

在海上，她恢復了在琵琶湖畔未病以前的歡悅的狀態。他雖然感着幸福，但一思念到前途又覺得有一個不容易解決的隱憂。在她則以爲是獲得最後的錦標了。

"你在日本住了十餘年，有了不少的日本女朋友吧。"

她獲得了勝利之後，這樣地問他。

"說沒有，你也不相信吧。交結過一二個女學生，但都脫離了。程度稍爲高一點的日本女人都看不起中國人。縱令和中國人發生了關係，還是要脫離的。像一般中國留學生娶回來的日本婦人，在日本是屬中下流的了。我就沒有看見過有留學生帶過一個學問好的日本美人回來。"

"你有了日本女人做朋友，怪不得許久對我都這樣冷淡的。"

"怎麼說我是冷淡？"

"你許久都不睬我啊！"

她紅着臉打了他一掌。

"麗君，這是正經話。我倆已經有了這樣深的關係了，看見至中，怎樣對付好呢？"

"怕什麼？和他脫離就完了！我不追究他，他還能追究我什麼嗎？我眞要向他要求賠償損失呢。"她紅著臉說。

"他是你的丈夫啊！"

"他不是我的丈夫！"

"在你，對他雖然有氣。但社會上的事情不是這樣簡單地一句話可了的。"

"他眞的不是我的丈夫。我從來就沒有和他結過婚呢。"

"你不是有了小孩子麼？"

他和她同住這末久了，但到神戶海岸旅館裏他才知道她是生育過來的人。因爲她的腹部的象徵告知他了。

她在這晚上，才把她和至中的經過告訴了于璋。于璋聽見後，也才覺得自己的負擔實太重大了。他雖然在貪戀着她，同時覺得實在難和麗君成爲夫婦，因爲他的過去太複雜了。

"你不思念你的小孩子們麼？"

他這樣地質問她。在他以爲麗君是不該丟了小孩子跟至中到日本去的。和至中發生關係雖然可恕，但不必因此便離開了小孩子們。他並不知道她有她的苦衷。

"思念和不思念，結果還不是一樣麼？"

她說了後，低下頭去。不一刻，眼淚流出來了。他也不便再問了。

于璋和麗君搬過了幾家的旅館。他日間忙於奔走開設小醫院的事，夜裏便回來和麗君過糜爛的生活。連他自己也沒有預料到會墮落到這步田地的。他奔走了一個月餘，還沒有頭緒。他想放棄這個計劃了，原因是他的父親，雖然有些積蓄，最初答應他拿出錢來開醫院，但到後來又吝惜不肯了。

他的父母要他先回鄉裏去一趟,然後商量開醫院的費用。但他執意要先把招牌掛起,然後請父母出上海來共住。當然,他的第一個原因就是給麗君拖累住了。

炎酷的暑期漸次地過了。朝夕都感着秋風泌人肌膚了。大概是季節變遷的關係吧,麗君常常一個人悲戚起來,偷彈淚珠。她覺得和于璋的同棲生活也漸漸地轉變爲平凡,一點不神奇了。雖然平凡,她還是不能不死抓着這個人。這個心理更時常促動她的悲情。

他因爲事業不能發展,近來也不像從前那樣活潑,面上常帶着幾分憂鬱的色彩。他倆的情況有時候,在一間小房子裏,——從白俄人家分租來的 Boarding room,——竟像楚囚相對,好半天都沉默無言。

她近來也發見了于璋的性格上的些微的缺點

了。當然，她不敢因此便說討厭他。于璋因爲從小時就到日本去，少受了本國的教育，習染着日本學生的古怪脾氣甚深。這是有時候會引起她的反感的。

于璋回到上海來後，也像日本人一樣地看不起他的整千整萬的同胞。他以爲除了受過日本教育十五六年的他之外，在支那是沒有一個要得的人了。他的意氣好像在說，中國的一切事情要他一個人來包辦才有辦法，此外的任何人都是靠不住的。至於他每和日本人說話時便謙恭得卑躬屈節，而過着初認識的中國人，却板起臉孔，裝出大學者的態度來。他的那樣不自然的行動，實在會使麗君看見後替他肉麻。

據他的意見，以爲中國之受着帝國主義的壓迫，完全是中國人，——除了他一個人以外的全部中國人，——本身的不長進。他痛罵革命前後的政治是完全一樣，實質上沒有一些改變。

"假如你做了國民政府主席，能夠把中國統一，弄好麼？"

"有什麼難處。日本維新後的政治就是我們的主臬。"這是他的回答。

于璟因為奔走了一個多月，認識了幾位先進的同學。因為家裏的父親不肯寄款來，醫院當然開不成功了。他原想回故鄉去一趟，但麗君又苦留着他。到了九月初旬，有一個先進同學姓呂的，才推薦他到一家野雞醫科大學裏去當教授。他才算有職業了，他想與其在上海閒處，就不若嘗嘗大學教授的滋味，混混飯吃。聘書接到了後，他便趾高氣揚地走來對麗君說，

"我當大學教授了。在日本，教授不是這樣容易當的。"

她聽見後，想對他說破那家醫科大學是野雞

大學，也不敢了，因爲怕減殺了他的高興。

"有多少薪金？"

"月額一百元！"

"誰不知道是月額呢？你說起話來總是這樣多日本腔調。"

"在文法上沒有什麼錯吧。"

他笑着說了後，便走到裝書的木箱面前，把幾部醫學用書和醫科大詞典翻了出來。

"你担任的是那一門科學？"

"解剖學和病理學。"

"聽說那家學校的學生囂張得很，常常會驅逐教員。你去上課時得留心些。"

"不要緊。我提供出最新最詳細的材料給他們，就不怕他們不擁護我了。"

"要編講義怎麼樣？"

麗君知道于璋從小到日本留學去，沒有把中

国文学弄好,寫了三句文章,就有兩句不通的。近來和幾個友人的通信,還是由麗君代筆。

"我先把它編好,文字上還是請你代我改削一番,然後拿出去付印,你看好不好?"

麗君只點了點頭。

九月十日,子璋接到了那家醫科大學教務處的通告,請他於十四日那天出席,行開學禮並講演。他接到了那封通告後,真是樂不可支,把那張通告高高地貼在床頭的壁上。

到了十四那一天,他很早就起身來,洗漱刮鬍菰,他有一套Swallow tail是領畢業文憑時做的。他曾穿着這件燕尾服到各教授處去辭行過來。今天因爲是行開學典禮的日子,並且他是初次當大學教授,所以要麗君拿出來給他穿上。

"穿平服去吧。那套像古董般的禮服,穿着不要給人家笑了。今天天氣又熱,……"

"不。一定要穿那套Swallow,不穿Swallow,不會殿。在日本,Swallow是通常禮服,你不知道麼?"

他終把日本式的Swallow tail穿上了,樣子倒還不錯。臨走時,捧着麗君的臉親了一個嘴。

"你是個大學教授夫人了!"

他笑着對她說。

"誰希罕!"

她笑着推開他。但等他走了後,她又覺得他的這句話是很可貴的。

（二十一）

　　于璋穿着Swallow tail坐在電車裏時，就有不少他所深惡痛恨的支那人注視他，或望着他儍笑。於是他更恨支那人的不知禮儀了。大概是背心釦得太緊了，他覺得週身在發熱，額上和鼻樑上也滲出好些汗水來了。

　　下了電車，再叫黃包車趕到醫科大學來時，雖然看見有三三五五的學生在校庭中踟躕，但不像是舉行開學禮的景象。他才踏進校門,胸口忽然跳動得很厲害,雙腿也有些軟癱得提不起來。他略略偷望了一下在校園中蹓躂着的學生,他們的臉色不是蒼便是黑,臉上也沒有半點青年人的快活的表情。個個都像龍華寺裏的羅漢天俜,神色可怖。于瑾偷看了後,胸口更加跳躍得厲害了,他忙低下頭去,提起八分軟癱了的雙腿,急急地走向事務所來。他一面走,一面想,

"那些便是支那大學生了。怎麼個個都像天罡地煞般地這樣可怕呢。大概驅逐教員的就是這些人了。"

他的額上和鼻樑上的汗水愈滲愈多了。走到事務所裏來時,精神才安定了些。他一面取出手巾來揩臉額上的汗水,一面向一個事務員問是不是今天舉行開學式。

"還早呢。說是十點鐘,其實要十一點才來得

齊吧。此刻還沒有到九點，嚴先生來早了一刻。"

于璋給事務員這末一說，有點不好意思了。

"這裏有圖書館沒有？"

他問事務員。

"沒是什麼圖書館。只在教員休憩室裏備有兩本字典，一是德文的，一是英文的。從前有一部醫學詞書，給一個教員借了去，沒有送回來，也是因為欠了他的薪水。"

于璋和事務員談了半個多鐘頭，不會像初來時那樣的拘束了。事務員告訴他知道，這間醫科大學的經費全靠學生薪水來維持。于璋聽見大大地失望了。

到了十點半鐘，才看見有二三個教員走了來，或穿中國長衫，或穿很舊的西服，他們對於今天的開學式，好像不覺得怎樣鄭重。又過了半個多鐘頭，才看見校長乘着汽車走來，同乘的有一個教員，據事務員說，是本校的教務長。他們兩個也是穿着平常的西裝。于璋便覺得自己身上的Swallow tail有千鈞之重了。尤其是看見有許多學生注意着他時，更加跼蹐不安。

那個教務長的樣子很清瘦，才從汽車裏跳下來，便連打了幾個呵欠。校長是個大胖子，身材不高，臉色很黑，但始終是微笑着，看去是個和氣靄靄的君子人也。于璋由呂君的介紹拜候過校長一次，所以校長和幾位重要教授握了握手後，便走到于璋面前來，向着那套Swallow tail打量了一下，很親熱地微笑着和于璋握了握手。

"不該穿燕尾服來的。"

于璋跟在教職員羣中走向禮堂裏來時，便有所感觸般地微歎了口氣。

禮堂裏都坐滿了學生，約有一百幾十個。于璋看見他們，胸口又跳躍起來了。他想，他們何以個個都是這樣可怕的。

經校長宣佈開會後，大家都站起來跟着校長讀總理遺囑，可憐他當了幾年的校長，還沒有把遺囑念熟，他把"凡四十年"改爲"凡四五十年"了，又把"務須依照余所著……"改成"務必要照我所著的……"了有些學生在下面，便咕咕地笑起來了。

遺囑念完了後，校長又作了一場的講演。第一段略述本校的沿革，第二段誇讚本校的精神和特點，第三段恭維教職員的熱誠和學生的努力，第四段希望學生要擁護母校，向外多多宣傳，才能夠多吸收學生而使本校發展。

其次是教務長的講演，這却把于璋駭倒了。他最初把在昨夜裏多玩了兩圈麻雀牌的話公開了出來，其次說他今早一直睡到十點鐘仍然不能起床，等到校長來拉他時，才勉強地爬起來。他又說，不單沒有半點準備，不能說什麽話，連早點都沒有吃，只是洗漱了就跑了來的。他就這樣地用滑稽的調子說下去，已經引起了神經脆弱的學生們的一陣哄笑。最後他又引了許多疾病之例，牽強附會地來說明求學。這簡直是胡拉胡扯。但居然也博得了學生們的鬨笑和鼓掌。

還有二三位教授也講演過了，都說得聲調鏗然，娓娓動聽。有的很自然地扯到時局問題和社會問題上去，聽得久住日本二十多年的于璋眉飛色舞了。他想，日本人常常批評中國人說，盡是鄭子產式的人物。現在看來，果然不錯，真是個個都善於說詞。

最後校長向學生介紹這位穿燕尾服的日本京都大學出身的新醫科學士了。在這瞬間，于璋胸裏便像有幾個吊桶此上彼落地攪得他週身發抖了。又經學生們一陣的拍掌，真是把他拍得魂飛魄散。但是遲早要登台的，他想還是趁這個機會練習一練習好些。於是他掙扎着提起軟癱的腿，走上講壇上來了。才踏上講壇，他才覺着他的手足都在顫動得十分厲害，他忙伸出雙掌緊抓着桌沿，低下頭去。他的姿勢差不多匍匐在案上面了。

"鄙人，……兄弟，……是，……那末，……昭和三年，……不，……那末是1928年，……京都，……日本京都帝大出身的醫學士！………又，臨床實習了一年多，……專門皮膚花柳和產科婦人科。……不過，我平日喜歡研究精神分析學和生理學。……那末,丁度,（日本話是"恰恰"的意思）……對不起,說了日本話出來了,……恰恰我是擔任本校的生理解剖。……那末，是我的最大榮幸了。……皆樣,（諸君之意）是習醫學的,………"

學生裏面有笑了起來的。于璋的頭額上，汗水更滲透得多了。

"……也聽過Freud的名字吧。…………

SigmundFreud他對於精神分析學割合的("比較的"之意)有組織的研究和主張。不過在他沒有深研究之前，也偶然地發見過，……卽於1880年，他在墺國京城維也納當學生的時候，有一個醫生名叫 Breuer的治療一個年二十一歲的患血斯滴利症的女子，她的病狀是右腕痺麻，眼球運動不靈，又不能喝水，到後來，精神錯亂，常常陷于昏迷的狀態，這樣的病症是很珍奇的，(又用日本話說)……是很古怪的。……她，……這個女子有一個她極親愛的父親，患了大病，她是在看護她的父親時得了這樣的病症。她發了病，就不能看護她的父親了。她的父親就死了。實在是脚氣之毒啊！("可憐"之意)……„

于璋講到這裏，聽見校長和教務長也在笑了。但他仍不能中止他的講演，他再往下說。學生諸君也像聽入神了般的，禮堂裏比剛才沉靜了些。

"……Breuer對於這個女子施行催眠術，想由催眠術減輕她的病狀。Freud對於這件事情，是抱有很大興趣的。最初，觀察女子的病狀的發展，後來考查她在昏迷狀態中的譫語和她的思想有沒有怎樣的關聯，他使那個女子陷於催眠狀態了，卽是暗示思想之自由解放。果然，她說出了她的優美的，可哀的空想來了。那是她看護她的父親時候的事情。她把空想說出來後，果然她的病狀也就減輕了。於是聰明的Freud，便這樣想，若使病人回想起病發現當時的情狀及和它關聯着的事情，及把由這些情狀和事情所生的情緒解放了時，可以減輕病狀，除去心中的暗影吧。於是他更繼續着探究果然發見了許多事情。卽那個女子，在未病之前，有一日走進她平時所不喜歡的女教師的房裏去。她看見她討厭的小狗正在吸玻璃盅裏的水。於是她心裏覺得非常的不舒服。因爲是教師，不敢說什麼話，只是忍耐着。Freud 使她把在那時候所隱忍着的怒氣發揮出來了，她有六星期之久不喝一滴水，現在她喝了很多量的水了。她的苦惱的恐水病的發作也完全消失了。⋯⋯⋯⋯又當她的父親睡在病床上時，曾問她是什麼時刻了。那時候她眼眶裏滿蓄着淚，看不清楚時鐘的針，又不敢把眼淚給她的父親看見。她把時鐘移到前面來。她看見時鐘面比平日看的大了幾倍。這就是她視力發生障礙的原因。⋯⋯⋯⋯又有一晚，她的父親發熱得非常厲害，她正在担心着從維也納市裏所請的手術醫師之能否到來。她坐在病床邊的一把椅子上，右腕垂在椅子的後面，陷於夢幻的狀態中了。她看見從壁裏面走出一條黑蛇來，想咬她的父親。她驚駭起來，要追逐那條蛇，右腕便痺痳起來，沒有感覺了。她看着自己的手指，漸漸地化爲蛇了。因爲這個幻覺，她就發生了右腕痺痳和感覺昏迷的病症。⋯⋯⋯像這樣地在消失了的記憶中探究病源，促起病人的回憶可以完全把病症治好。Freud稱這樣的新治療法爲Talking Cure就是談話治療的意思，或種煙囱的掃除Chimney sweeping。……這是在醫學上的一種新的進步，新的發明。以後凡是學醫學的人，都不能不參考這種精神分析學，尤其是在精神病科和生理學上要特別採用這門新學問。……這是我一點點的貢獻。……完了。"

于璋因爲穿了Swallow tail，從初進禮堂時起一直到現在，汗水不曾停歇過。因爲怕示弱於人，才拚命地把昨晚上從大思想百科辭書中看來的精神分析學項下的冒頭背念了出來。他雖然費了這末大的氣力，但學生的鼓掌還是零零落落地不十分起勁。他又覺得學生們太可惡了。

散會之後，那個教務長靠近他身邊來問他，

"嚴先生，你那篇講演，是不是從日本的通俗百科辭書裏抄來的？"

于璋給他這樣一問，滿臉通紅了。他便向那教務長頂撞了一句。

"中國的科學那一件不是從外國書上抄來的？你有你自己獨創的發明麼？"

"哈，哈，哈！嚴先生眞痛快。的確，他們一般日本留學生——所謂普羅文藝理論，所謂社會科學，抄了二三年已經抄得可以了，到了飽和的狀態了。"

于璋在那家醫科大學上了兩個多星期的課，聽講的學生一天一天地減少。于璋看見這個情形，心裏便起了一種憂鬱。于璋雖然受了多數學生的誤解，但也還有二三個知己，即有二三個明理的學生，知道于璋的教授態度的誠懇及教材的豐富，要算是校中第一人。不過教授法差些，和不時說了些日本話出來，是他的缺點。

有一天，于瑾由上午至下午，一連有三個鐘頭的課。十二點鐘下了課後，他在校中吃了便飯後，無意中再步進剛才上課那個教室裏來，他看見黑板上歪歪斜斜地寫着幾個碗口粗的字：

"打倒日本人化了的飯桶教授。"

看見了這幾個字，于瑾的狠狠的態度眞有些像給敵人摑了一個嘴腮，氣得滿臉發靑，週身打抖起來了。雖然他早料到有這末的一天到來，但是他沒有預料到學生這樣快就叛變了，竟向他下哀的美敦書了。他忍着眼淚，囘到敎員休憩室裏，裝出鎭靜的樣子，提了皮包，輕輕地走出校門外來。

"中國的大學生這樣地囂張，這樣地不講理，像自己這樣的無抵抗主義者，想在中國敎育界謀噉飯地，是沒有希望的了。何況敎育界也和軍人官僚一樣，是有閥的，不問人材可否，只要能當他們的走狗。我還是囘鄉裏去向老子弄些錢來開一家小小的病院吧。"

于是麗君在上海住着等他,讓他一個人囘鄉裏去了。

(二十二)

　　開往長江上游的輪船大都黎明時分展輪的，于璋要在前晚上的十點時分落船。他的行李很簡單，祇帶一個小皮箱和一件小被包，在吃晚飯前，麗君已經替他收拾好了。他所有的重贅的行李和書籍，都交給麗君看管，所以她也就相信他一定會回來，不再兒女情長地抓住他不放了。

　　雖然算不得是生離死別，但在麗君仍覺得有

萬分的淒酸。那天兩頓飯她都沒有吃。在起程前的子璋,因為滿腹思慮,也不能吃飯。但到了八點多鐘的時分,他倆都覺得有些餓了。

"天天吃白俄餐館的飯吃得討厭了。我們到 S 茶樓去吃點廣東菜好嗎?"

由他們的 Boarding room 到 S 茶樓只有百多步路,行過一條馬路就到了。他倆在Salon 的一隅,揀了一個僻靜的坐位相對着坐下來,他們才喝了幾口茶,子璋便笑着對她說,

"麗君,假如我回去不再出來上海時,你怎麼樣?"

"我只相信你。我沒有怎麼樣。"

她慘笑着說。他在電光下,看見她今晚上的臉色特別的蒼白。

"麗君,假如我死了時,你又怎樣呢?"

他再苦笑着問她。

"你的最後也是我的最後了!"

她竟泫然地流下淚來了。

"對不住你了。我是和你說笑話的。何必就這樣傷心呢?"

"……………"

她摸着小茶壺蓋祇是默默的。

他雖點了許多菜,但是她不能舉箸了。他也因她的寡歡而無心吃了。

他倆正在相對默默的時候,忽然看見一個人滿臉通紅地獰笑着走前來,同時聞着一陣酒臭。

這却把他倆嚇了一大跳。

"想不到你倆這樣舒服地在這裏相對飲茶!"

"呃!"

于璋駭得跳起來了。雖然沒有喝酒,但是滿臉通紅了。至於麗君的頭部,像戴有千鈞之重的東西,抬不起來。她只覺着自己的週身在發熱。

"你們住在什麼地方?"

至中再獰笑着說。

"坐嗎,請坐。吃點東西好嗎?"

于璋客氣地站起來招呼他。

"我吃過了。我在那邊吃過了。"

至中指着站在那一隅的正在散席的三四個友人,對于璋說。

"我們也要走了的。"

"那一路走吧,你們住什麼地方?麗君,怎麼一句話都不說,近來身體好嗎?"

"我高興說時就說,不高興說時就不說,我身體好不好,也與你不相干了。"

她冷冷地不向着他的臉說。

"啊呀!啊呀!哈,哈,哈!"

"我們走吧。"

她向着于璋說。于璋也因爲急於要趁船,便叫了堂倌來給他算帳。

"你擺什麽架子？我又沒得罪你！"

至中更進前一步，走向她的身邊來了。他的這樣的流氓態度，眞把于璋嚇倒了。

原來于璋這個人性質是很柔懦的，又因久住了日本，完全不懂中國的人情世故，所以無情的友人們都欺他柔懦無能，用了他血汗掙來的錢，還要在背後罵他。一般朋友看透了他的弱點，卽是高聲地向他吵，定是可以屈伏他的。

于璋走了後，麗君更加寂寞，有半個多月足不出戶。除午晚兩頓到隔壁俄國餐室去吃飯之外，都是一個人閉着房門，看看小說或睡覺。于璋走後的第十八天，她接到了一封掛號信，扯開信封來一看，在信箋裏夾着一張郵政匯票五十元。她更十二分感激于璋了。

"這個純朴的青年才有信用啊！"

她流着淚感歎。

那天下午，她便出來搭電車到郵政總局去兌款。把款兌到手後，由郵局裏走出四川路橋口來時看見至中涎笑着站在那裏，像有意識地在等候她。

"麗君！"

但她裝作沒有看見他，急急地橫過了馬路，站在分站下等電車。她担心他會跟了來，但終現為事實了。她當時覺得此刻的至中比一年前的梅苓還要可恨了。

"你住在什麼地方？"

他又走前來究問她。

"我不能告訴你！"

她臉也不翻過來看一看他。

"你不告訴我，我就儘跟着你走，跟到明天天亮。"

"⋯⋯⋯⋯⋯⋯"

她有點害怕了，不知要怎樣囘答他才好。

"麗君，你要明白我，我是你的同情者。我們能夠再做好朋友固然好。你若不答應我也不難爲你。我們單做普通的朋友也未嘗不可以吧。"

"我們彼此都沒有關係了。各人走各人的路不好嗎？何必再這樣牽牽纏纏的？"

"................"

至中一時沒有囘答，好像在思索什麼事情。這時候來了一輛公共汽車。她便走上去，打算到H公園頑一囘再囘家去，免得他跟了來，給他知道了她的住所。當然，至中跟上車來，他走近來和她並着肩坐。她覺得他眞討厭了，但不能拒絕他。

"你到上海來後看見過梅苔麼？"

他忽然問了這末一句，她聽見像着了電般的。她想這眞是蔗滓未了柿核又來。這些垃圾儘掃也掃不乾淨了。但同時又有點希望至中能夠告訴她以梅苔的消息。

"……………"

她只搖了搖頭。因為思念及那三個小孩子，心中又起了無限的悲楚，忙忍住眼淚低下頭去。

"自你走了後的梅苔的生活實在可慘啊！"

"他沒有在南京做官了麼？"

她到這時候，免不得要問一問了。

"早撤差了。帶着這末多的小孩子，生活眞不容易啊。"

"………………"

麗君聽見至中說及她的小孩子，心上便像受了利刃的一刺。同時在Aston House一夜的情況又在網膜上重演出來。隨後又聯想到梨花來了。

"他不和梨花來往了麼？"

她又想從至中聽聽梨花的消息。

"他是窮光蛋了。梨花還要他麼？梨花早跟那個師長到香港去了。"

"梅苓現在幹什麼生活?"

"我沒有看見過他,聽說住在塘山路那邊,在一家中學校裏當英文教員。………"

因爲要詳細地知道梅苓的消息,她想住的地方告訴至中也不要緊吧。如果他太囉嗦了時,再搬家不遲。於是在R路口下了電車,引着至中到她寄住的白俄人家裏來。

(二十三)

　　麗君自聽見梅苓和小孩子的消息後，久積鬱着的心房像噴火山般地爆裂了，十二分地想見見小孩子們一面。她託至中去打聽打聽梅苓的確實住址，但過了二三個禮拜，仍然是不得要領。

　　"你知道他的住址，不告訴我吧。"

　　"你還想回到他那邊去麼？不行了的！聽說他已經續娶了。"

"我不思念他，我只想見小孩子。"

她自然地流淚了。

據至中說，梅苓自麗君逃走了後，不久，南京的職務便被撤差了。他因此病了一場，經一個多月之久才愈。在這樣慘痛的期間中，三個小孩子又日夜啼啼哭哭，尤其是阿大阿二日夜呼喊着"媽媽"，覓他們的母親。梅苓聽見，一面恨罵麗君，一面可憐小孩子。幸得忠誠的娘姨，早晚替他照料小孩子的事，讓他在外面為生活而奔走。

病後的梅苓的生活一天一天地窮迫。因為他過去的放蕩，友人們對他完全失了信用，所以求職和告貸都是失敗了。到後來好容易才找着了昔日在教會附設小學校念書時的一個外國授業師，以信仰宗教為條件，在教會附設的初中部謀得了一個英文教員的席位，每星期担任二十四小時的功課，月薪六十元，但一年只發十個月的薪水。梅苓便率着三個小孩子在這家教會裏跟着牧師們唱讚美歌和念祈禱文了。阿大進了教會的初等小學一年級，阿二也進了幼稚園。阿三交給娘姨看護，生活雖然不像從前那樣舒適，但總算安定了。

"我此刻才知道教會的必要了。原來可以安插我這樣失業的人。"

但他無論如何不能眞心地信仰，他只為生活而信仰。那個主管牧師也像知道他不是眞心的信仰，所有中學部的中學教員都輪流着在主日說過教，只沒有叫他去登壇。於是他心裏便鬱鬱不樂，以為主管牧師對他有什麼不滿，担心初中的教席會佔據不住。其實完全是梅苓的神經過敏。初中部有一個女音樂教員，面貌平常，不過肌膚倒很白皙，是個信仰基督的女教徒。但她巨眼情深，一看見梅苓便知他是個卓卓不凡的人物，決不是那些飯桶教員碌碌無能之輩所能趕得上的。這個女教員姓譚名瑪麗，也在小學部兼課，因為阿大的面目清秀，聰穎過人，十分愛他，知道他是梅苓的兒子，於是常常和梅苓談論到小孩子教育的事。經久之後，她才詳悉了梅苓的不幸，由同情而戀愛，他倆終得了主管牧師的承認，在教會裏簡單地舉行了結婚式。

結婚後的他們生活雖然是平穩無事，但是呆板的易厭倦的宗教生活。梅苓和瑪麗間，可以說彼此什麼祕密都可以公開了，只有"信仰上帝"在他們間是種祕密，都不敢把它抉穿。有一次，梅苓對於教會的行政略加以批評，瑪麗臉上便表示出不然的顏色，梅苓也就不敢多說了。他並不是怕老婆，他只怕自己的話說錯了，間接地給主管牧師聽見了時，自己的地位要發生動搖。

～～～～～～～～～～～～～～～

麗君聽見了這些消息後，當然對於梅苓更無

所用其情，無所用其恨了。不過思念小孩子的熱情，却未嘗一刻消失。

"世間所謂愛情，除掉了父母對兒女的外，沒有眞摯的愛情了吧。"

她這樣想着，一連一個多星期都到塘山路，保定路，昆明路一帶去走過來，想碰一碰能否看見自己的小孩們。但結果只是失望。

于璋有三個多月沒有信來了。她有些担心起來。她壞疑，莫非他眞地在鄉裏和另一個女子結了婚麼。因爲從前她曾看見過他的父親寄給他的信說，他在大學畢業後的第一重大問題是要快些訂婚同時結婚了，她知道他是個尚未訂婚的人之後，包圍他的心的念頭愈急，同時也以同程度的心憂慮兩人的將來終難免分離。

她的生活漸次窘迫起來了。至中常常來看她，但沒有半個錢板資助過她的生活。她也沒有向他告貸過。

一天，北風吹得異常的凜烈。麗君連欠了三個月房金了。再不付房金，房主人就要下逐客令了。她因爲每天的房錢，所有衣服一件一件地當完了。天氣這樣寒冷，但她的住室裏還沒有生火爐。她正在愁悶得不堪的時候，至中忽然跑了來。

"看電影去麼？Isis戲院演Singing Fool是有名的影片，譯名可歌可泣。我怕你看了要哭呢。"

"怎麼我看了就會哭呢？"

"情節是哭小孩子之死的影片。我看你每天總有一次在爲思念小孩子而流淚，所以我勸你去看這個影片。看了後盡情地一哭，以後可以不要再爲他們哭了。"

"的確，我也莫明其妙。我自己愈窮困愈寂寞，我便愈思念我的小孩子………"

她說着又揮淚了。

"我介紹一個職業給你好嗎？又可賺錢，又舒服的，也免得天天坐在家裏傷心。"

"什麼職業？"

"當電影明星。"

"我從來沒有這樣經驗的，怎麼能夠就當明星呢？"

她說了後笑起來了。

"中國的女明星第一要面貌好，其他條件是不要緊的。"

"…………"

她沉吟着一時不回答他。

"于璋不會再來上海了的。你儘等他是不中用。兩個星期可以往復的，怎麼一去三個多月還不見來。他定在鄉裏組織他的新家庭了。"

至中的調子雖然是挑唆的，但到了生活這樣困窮的今日，她也不免疑恨起于璋來了。至中近二三個月來,雖常常來看她,但對她沒有表示過一次下作的舉動,所以近來麗君覺得他又是個滿誠實的友人了。她終於聽從了他的勸告,由他的介紹,加入N——社當電影明星了。進社之後,她才知道至中之所以這樣熱心地介紹她進N——社當明星,完全是因為他可獲得相當的介紹手續費。

入N——社後的第三日,她接到了于璋寄來一封向她道歉的信,卽是他在鄉裏受了父母的壓迫,和一個同鄉女學生結了婚。他信裏又說,這完全不是他願意的,並且他和那個女子從不認識,當然沒有愛情。最後他還說,他是無時無刻不思念她的,一有機會,他定趕到上海來就她。

這在麗君是早料及了的,她從來未曾希冀過想完全佔領于璋。這次他雖然附了一張百元的匯票來,但她並不覺怎樣感激他了,反轉促進了她去當電影明星的決心。

她到這時候否認戀愛了。她只肯定這世間只要有金錢。有了金錢。不單可以造成戀愛，並且可以毀壞戀愛。她的不禁刺激的，對於戀情的感受至強的柔嫩的心臟，到了進N——社之後，轉化為鋼鐵般那樣堅硬了。她卑視一切的男性。她認一切男子是女性的敵人。她看見向男性撒嬌的，趨媚男性的女子，便十分鄙視，當她是女性的叛逆者，是女性陣營中的最大的內奸。

"你們何必裝出這樣卑鄙的態度去討男子的歡心？你們的目的不外是要他們的幾個銅錢吧了。"

她想最好是把女性組織起來，聯合起來，向男性復讎。但她總想不出良好組織的方法來。這完全是因為女性太不長進了。

為了經濟，便假借戀愛的名義向男性投降，當了特殊形式的娼婦。

這是麗君進了N——社當女明星後,所取的對男性的態度及對女性的批評。

(二十四)

　　僅僅三個月間的練習，麗君的美貌和技藝同樣博得了社會的最高的評判。無論那一家的報章都賞讚麗君是N——社明星中的第一人。但麗君知道這些讚詞都是男性的虛偽的捧場，完全置之不理，她只盡情地研究她的藝術。

　　至中居然以保護人自任，麗君每次出演，他都跟着來。麗君的同事都猜至中是麗君的丈夫，——

最少是個情人。

"他和我是沒有什麼關係的人。"

她當他的面，向她的許多同事否認和他有何等的關係。

"有一二個情人又有什麼要緊呢？"

"世間還有這樣笨的女人麼？拚命地巴結男人，但終給男人遺棄了。我最看不起那樣的女子，我是最不喜歡把自己的身體歸某一男子的所有。要女子私有幾個男性才對的。……"

"你的思想變得這樣快，真沒有辦法。"

過後至中苦笑着這樣地對她說。

至中知道麗君在那一天領薪水，他便走了來，二十三十元的向她借。

"你怎麼近來這樣的不長進？"

她說着向他的左頰上擱了一掌。

"那你非借錢給我不可了。"

他摸着微紅的左頰苦笑着說。

"沒有！"

因爲在這三四個月間，她借了不少的錢給他了，同時她也想貯蓄點錢了，所以不情願再多借錢給他。

麗君愈覺得金錢的可貴，便愈決心實行她的私有幾個男性的主張了。經驗了幾個男性的結果，她認識了一個姓陳的，比至中更有名的編劇家了。她從這個姓陳的，才知道至中所編的劇早過了時代，決沒有人肯替他上演。現在的他的生活是等於無業的流氓了。

麗君雖然在主張女性不該降格去趨媚男性，但是自結識了這個姓陳的文學家後，又陷於戀愛中了。陳因爲和N——社的當事人不睦，另組織了海棠社，當然麗君也就轉到海棠社來了。

海棠社因爲是新掛起來的招牌，每次公演都

是收入不償支出。但陳仍在作將來發達之後可以像N——社般地賺利的好夢。經費不足的時候，便要麗君拿出私蓄來幫助他。麗君心裏雖然不情願，但終是不能拒絕。

陳每天都是給許多像花般的女明星包圍着，在導演他所編的新劇，這不免引起了麗君的嫉妬。

麗君從一個女同事聽見陳的祕密了。陳是某教會大學的畢業生，到美國去了半年，得了碩士的學位回來。有人批評他的碩士製造得太快了，但到後來看見梅蘭芳到美國住了二三個月，也居然得了博士的頭銜回來，並且有諸名士替他捧場，於是一般便不非難陳碩士了。他們想，陳文學碩士總該比梅蘭芳強些。陳碩士在某教會大學肄業時，和一個女同學發生了戀愛，後來因為陳碩士不信仰宗敎，他們便不能結成夫婦了。聽說那個女學生嫁了一個中學教員，生活不算怎樣好，而陳碩士對於她却時時還在思念不置。

　　陳碩士近來都是和麗君同起居。天氣漸熱了，麗君和陳碩士另租了一所寬大的房子，樓下作海棠社的事務所，樓上便歸他們居住。同住的還有三個女明星和兩個男明星。

　　"陳先生，我們結婚吧。"

　　她們都稱導演的的做先生。麗君連自己也莫明其妙，何以一定要要求和陳碩士結婚。

　　"我們的海棠社漸漸地有發展的希望了。若和你一宣布結婚，海棠社的聲名會馬上倒下來。我們事實上已經和結了婚一樣了，何必要那些形式呢。她們看見了也會不熱心。這與社的發展大有關係的。你再忍耐一年半年吧。"

　　"我想社不能發展也算了。只要我們的生活能夠安定，我們能夠幸福。"

　　她知道了陳碩士的心不是完全歸屬於她。

"那不行，海棠社是我們的社會事業，怎麼可以讓它倒閉呢？我的意思是，甯可犧牲個人，不能犧牲我們的團體。你無論何時總是這樣個人主義，自己打算。不行喲！"

"那你不能和我結婚？"

"這件事還要多考慮一下才好。我們已經組織了劇團，就要對社負責。馬上結婚恐怕於社不利，所以要作緩一些。"

"我們不組織海棠社也不會沒有飯吃吧，我只想和你過落着的生活，過幽靜的生活，兩個人種種花草，養養小鳥兒。"

陳碩士愈冷淡，麗君便愈熱烈地追求。陳碩士用了她不少的錢，也是她對他不能放手的理由。

她再次迫他要和她舉行婚禮。陳碩士便說，

"我們是獻身于藝術的人了，不能再有家庭之累。結婚是一種形式。我們要實質，不要重形式。…

…"

麗君有一個同事姓王名文貞的,她住在三樓。平日誰都知道她是不佩服陳碩士的人。

"他是碩士喲,學問總比我們高些吧。"

"我知道他是碩士,一點人情都不懂的。他對我們只是賣弄策略和技巧。"

"但是,有了戀愛有什麼辦法呢?"

麗君苦笑着說。

"他戀愛你?我不相信!從那個人身上能夠分析出半點戀愛的成分來嗎?他滿頭腦的金錢,那有閒心事和女性談戀愛!至於你們喜歡他時,他是來者不拒。那一個不受了他的油嘴滑舌的欺騙?"

麗君給文貞說了後,半信半疑的。

"但他向我表示了許多的話。——關於我們將來的話。

"那都是一幕的演劇。外表看去像是個熱情家,但是虛偽的熱情啲。外表看去很像個藝術家，但他的賣藝術像是個攔街賣膏藥的商人。"

但是迷戀着陳碩士的麗君，無論如何不能相信文貞對他的批評。她便駁文貞說，

"陳碩士近來編通俗的劇本完全是爲維持海棠社，爲維持大家的生活，他如果生活稍爲安定一點。不難成爲一個最偉大的藝術家的。"

"最偉大的藝術家又值得什麽呢？"

麗君和文貞因爲此次的爭辯，有好幾天彼此不開口了。

一天晚上，陳碩士和一位年約三十餘歲的紳士走了來邀她同到沙利文去吃晚餐。麗君當然很喜歡，巴不得想在今晚上做個東道，並且碩士對她表示出十二分的熱愛，當着那個紳士的面和她親了個嘴，她更樂不可支了。

"這位先生姓駱，廣東人，他比我的身分高一

级,是哥仑比亚的博士!"

陈硕士替骆博士介绍,

"这位是海上第一明星,也是我的爱人。哈,哈,哈!"

陈硕士又替丽君介绍。

"久仰,久仰。"

骆博士忙向丽君鞠躬。

"当不起。"

丽君笑着走开了。

"胡博士可以为梅博士捧场,那末我向你鞠躬算得什么呢?以你之声名,以你之艺术,到美国去也是立即可以得博士的,一定比梅博士更快。"

他们在沙利文店里吃得最高兴的时候,陈硕士忽然正襟危坐起来。

"我想和你商量一件事,为图海棠社的发展,须得办一种杂志,想借重骆博士主编。"

"駱先生是專門那一方面的博士？"

麗君不專指着那一個人問。

"總之，是博士就是了。"

她看見陳碩士在狡猾地微笑着，知道他又有什麼要求了。果然，他又向麗君借款了。

"辦雜誌缺少一點經費，想向你借一筆款。"

"要多少？"

"有千圓就可以了。"

這時候的麗君真有些恨極陳碩士了。

"我那有這許多錢？"

"千把塊錢，你總籌得出來吧。"

"我的存款摺不是給你看過了麼？只存一百二三十元了。"

"你還有些別的積蓄吧。"

"有什麼積蓄？"

"金器和外國金貨。"

"啊呀！"

她真恨極了。她想他如何知道自己有這些私蓄呢。她因為積集這一點點的金貨，對幾個有錢的客人，不知提供了多次的可恥的犧牲。

"我只有三個戒指，一隻手釧。你如要時，就給你吧。"

她恨恨地說了後，伏在食桌上了。

"那只好到別的地方去另想方法了。⋯⋯帽子，帽子，拿帽子來！"

他在叫僕歐。一位博士一位碩士站了起來要走。

"你們到什麼地方去？"

"籌款去。"

陳碩士冷冷地說。

今晚上果然是她作東道了。他們走了後，只留她一個人在那邊清帳。

(二十五)

　　麗君從沙利文出來時,還是九點多鐘。他恨極了,同時仍然捨不得那個陳碩士。她知道他在極司非而路另租有一個僻靜的房子,在那邊專做文字工作的。

　　她在靜安寺路下了車,急急地走向那家房子來。她從後門走進去,把門屏一推。房子就開了。裏面是黑冪冪的,靜悄悄的,她知道陳碩士是住二樓的前樓，房面前有騎樓，兩側有遊廊。麗君摸着牆壁，上至半扶梯的時候，聽見樓上有女子的聲音，這不單把麗君駭了一跳，並且同時也引起了她的一種嫉妬。她忍耐着一時的衝動，放輕脚步，走上二樓上來了。她想看看那個女人到底是誰，便繞着遊廊，走到騎樓上來。她站在黑闇的一隅，可以看見他房裏的全景。最初麗君以爲在陳碩士房裏的女子是她的同事，但到此刻一看，才知道猜錯了。坐在陳碩士寫字臺邊的女人，原來是她所不認識的，雖不算美麗，但是肌色很白，富有肉感性，態度很高雅的女人，麗君想那樣的女性的態度，自己也曾有過來，卽是和梅苓共同生活的時候。於是麗君又傷感起來了。

她聽見那個女人開口對陳碩士說話了。

"那宗款子籌不到手，怎麼好呢？我還能夠回他那邊去麼？自他的小女兒死了後，他像個半瘋人了。時時咒罵他的前妻。動不動又來打罵我。我早就不能忍耐了的，但是我的當過牧師的老父親，死禁住我，不許我和那個半瘋子離婚。他說結婚時當上帝面前發過誓來的，無論他有何疾病，都要生死相從……"

"那些空話都不要說啊。我們只差一筆款。沒有一千，有六七百也可以了，和你先到廣州去走一趟。"

"你的海棠社怎樣呢，你走了後？"

"不是對你說過了？交給阿駱去辦。管它能發展不能發展。"

"阿駱那個人能夠辦什麼事呢？他到檀香山去教了一年多的中國文，回來就自稱博士了。他還對人說是由美國大學得來的中國文學博士。因為美國人的中國文程度總不能趕上他的，猶之胡博士在哥侖比亞大學得了中國哲學的博士一樣。"

"的確，只要把中國的東西搬到外國去給外人看一看，由外國人封他一個博士銜頭，就有無限的光榮了。你看梅蘭芳，在美國演了一場天女散花，就得了博士回來。一般名流和教育家們都爭着歡迎他了。"

"閒話不要說了。我們以後要怎麼樣？都是你害了我的。戀愛的能力比上帝偉大啊！自和你在東亞酒樓過了一晚上後，我便不能和他共住了。他不發瘋，我都不能和他共同生活了。可憐的是他的兩個小孩子，天天挨他的打罵。"

"眞難爲你做了兩年多的三個小孩的繼母……"

"他們小孩子很愛我。不願意親近他的父親。近來當我是他們的親生的母親了。寂寞的時候，或給外面的小孩子欺侮的時候，都是哭着回來找我啊！怪可憐的！"

麗君聽到這裏，很悽楚地流淚了。她直覺着那個女人所說的一定是他的三個小孩。她的心房也不禁震動起來。

"那你暫時回去看看他的兩個小孩子吧。等我把款籌到手了，再通知你……"

"我怕回去了，我們的職務也掉了。他近來又監視我監視得很厲害。今天一早就和阿駱走出來，此刻才回去，那他又要鬧了。我不是怕他，不過不願意再去自尋煩惱。……"

"小孩子們怎麼樣？"

"小的女兒因為營養不良，受了感冒，不滿三天就送了性命。大的兩個身體強健些，但此刻也是每天得不到一頓稀飯，已經是形銷骨瘦了。仁慈的上帝和慈愛的牧師也不為他們想個辦法。所以我從前的迷信，到這時候，也覺醒了。我對於那兩個小孩子，雖抱有滿腔的同情，但是愛莫能助了。他們的生母尚且不能為他們小生命犧牲，我是當繼母的，當然不能爲他們犧牲我的一生啊。"

麗君流着淚，看見那個女人也在流淚。她覺得那個女人的話一點不錯，對她所下的批判也一點不會過分。

"那兩個小孩眞可憐！給他的父親打罵了後，常常不敢囘去睡覺，就在弄堂口睡覺。我也怕他發瘋，躱到友人家裏去了。那兩個小孩子比無家可歸的餓狗還要可憐啊！"

麗君聽見這些話，斷定那個女人是梅苓的後妻了。他決意去問問她那兩個小孩子的下落。她當下就這樣想，

"自己已經殺了一個小孩子了。撫育這兩個小孩子成人，是我畢生的任務了！"

她待要出去，忽然看見從遊廊那邊推門進來一個像僵屍般的衣服襤褸的男子。麗君看見那個男人的樣子，嚇得胸口突突地跳動起來，差不多快

要叫出聲來了。

她看見那個男子從褲袋裏拔出一枝手鎗來時，忙奔進房裏去叫了一聲，

"梅苓！我在這裏！"

但已經遲了。同時她聽見梅苓對那個女子說，

"瑪麗！你在這裏舒服啊！"

他的話還沒有說完，鎗聲便響了。等到麗君走到梅苓的面前抱着他的身體時，那個瑪麗已經倒在椅子脚下了。

"梅苓！"

麗君痛哭着叫他。

"你不認識我了麽？"

她看見梅苓雙睛不轉瞬地注視她，她反轉有點害怕起來了，

"你，……你，是………那一個？"

他顫聲地字句斷續不定地問。

"我是麗君！我對不住你了！我更對不住我的小孩子！"

她在痛哭。他們都沒有注意到陳碩士的存在了。其實陳碩士看見梅苓拔出手鎗來時，早嚇得魂飛魄散，躲到樓下去了。

"你是麗……君……麼！的確，你害了我，也害了可愛的小孩子們啊！你此刻出來已經遲了！你不知道我們父子四人是如何地思念你啊！此刻已經遲了！阿三死了！阿大阿二也快要死了，我也變成一個殺人的凶手了！"

"我也一樣地思念你們。不過，我自己也不明白，好像有什麼鬼神在驅著我離開你們，不離開你們，就不能消氣般的。此刻我後悔了！我們可以恢復從前的家庭麼？"

她仍在痛哭。

"麗君！已經遲了！"

又是一響的鎗聲。梅苓也倒在地面上了。

"梅苓！梅苓！"

她伏在梅苓的身上，痛哭着喊他。

"梅苓！你為什麼要死呢？"

她緊摟着他，在他的唇上吻了幾吻，感着他的體溫還沒有完全冷息。她想趕快去叫醫生來。忽然看見梅苓的蒼白的雙唇在微動，她忙把耳朶湊近他的唇邊。

"阿大，阿二，患了傷寒，在赤十字，………"

以後便聽不清楚了。幾個巡捕走上來了。他們在檢查傷口和多端地盤問麗君。麗君恨極了。

"你們且慢問閒事，先要救人！快送他們到病院裏去吧！"

這時候陳碩士給一個巡捕拉着走上樓上來了。他看見麗君雖然流着淚，但還是威風凜凜地在替帝國主義的走狗們辯駁。

"麗君，這些事和我沒有關係的，不要連累及我啊。"

陳碩士在哭喪着臉對她說。

"你這一班博士碩士們眞是全無廉恥，只顧利用貧苦的平民圖你們自身的享樂，平民的痛苦是一點不管的。社會上要你這班人來幹啥的！"

麗君在叱罵陳碩士了。

"麗君，何必這樣生氣來罵我。他倆死了，我們恰恰好，可以結婚啲。"

"你們就是這樣地風來隨風雨來隨雨的投機的博士碩士啊！"

~~~~~~~~~~~~~~~~~~~~~~~~

麗君到第二天下午由巡捕房出來後，忙趕到赤十字會病院來。一間窗口朝西的小病室裏，有兩張小小的鐵床。鐵床上敷的也是極粗陋的毡褥。一張床上睡着一個小孩子。他們兄弟已經昏迷不省人事了。

"啊！阿大！啊！阿二！你們不認得你的母親了麼？"

麗君雖然哭着喊，但是他們兄弟只微微地了睜了睜眼睛，又睡囘去了。她想去抱他們，但給醫生阻着了。她看見兩個小孩子的嘴唇都枯乾得轉變黑色了。

據醫生說，小孩子患傷寒本來容易醫治的。阿大，阿二因為患病之後，還在外面露天睡覺，兼之多吃了不消化的東西，所以把病勢增重了。恐怕沒有希望了。

麗君因為這間小病室太熱了，主張搬到樓上的頭等房去。

"頭等房一天要十元的住院費。"

看護婦從傍告訴她。

"不管多少錢，一定要搬！"

她說着從手提篋裏取出一束鈔票來，交給那個看護婦。他們看見麗君的服飾，便也不敢輕視了。忙準備爲兩個小孩子換涼爽些的寬敞的病室。

"媽——！"

麗君聽見阿大聲音低微地在叫"媽"，她想，這一定是指那個名叫瑪麗的女子了。麗君忙走到阿大床前，把臉湊近他。

"阿大，你的媽媽在這裏喲！在你的枕頭邊喲！你在痛恨你的媽媽吧。無情的硬心的媽媽害了你們了！一別兩年餘，你還認得你的媽媽麼？這兩年餘來，媽媽雖然不在你們身邊，但是媽媽的心是常常跟着你們喲！阿大！你……去不……得，……你……如要去，讓……媽媽……跟……你……一路……去……吧！"

她哀哭着訴說。她像不管阿大聽得見聽不見，只想藉這樣的哀訴，減少她心頭的痛苦。她的

眼淚滴在阿大的眼臉上了。他睜開了眼睛,又叫了一聲,

"媽媽!"

她看見他的眼底全部都起滿了赤沙。

"你認得你的親媽媽麼?"

她再嗚咽着問阿大。

"你不是我的媽媽,走開去!"

阿大發燥地怒號。

經兩年餘之久,他們的小小的腦中早沒有他們的生母的印像了。假如有時,也只是恨的印像吧。

她此刻才知道人生的最大痛苦就是對兒女沒有盡撫育的責任,害兒女早殤,臨死時仍得不到兒女恕他們的罪過啊。

"阿大,我是你的媽媽啲!"

但是阿大仍然閉上了眼睛,再不理她了。

夜深了,病室裏除了麗君的嗚咽之香外,像死

一樣的沉寂。她望着兩個氣息奄奄的幼兒，忽然想起Singing Fool的Sonny boy 的歌兒來了。她低念了一會，唱至

"……Let me hold you nearer,
"One thing makes you dearer:
"You've your mother's eyes,……"
"…… You're sent from Heaven,
And I know Your worth,……
"The angels grew lonely,
"Took you' cause they're lonely,
"Now I'm lonely too!",

雖在午夜時分，她也痛哭起來了。

阿大阿二的病終於無法挽囘了。看着他們小兄弟死了後，她像被宣告了死刑的囚犯，反轉不像他們小兄弟未死前那樣悲痛了。

八月八日的立秋日，她痛哭着送了兩口小棺

木到西郊埋葬了後，她也準備結束她的生命了。

她有一封遺書，在一家報端上發表了，是在距阿大阿二死後的六天。

"關心我的朋友們，你們要承認我是一個窮兇極惡的女性！不過我的窮兇極惡，並不是我對父母之不孝，對丈夫之不貞，而是對兒女們沒有充分盡為母者的責任，結果殺害了他們。簡單地說，我是害了三條小生命的殺人犯！他們終不能恕宥我的罪惡而棄我死了。現在我以為可以贖我的罪過的，只是從他們於地下！我有些積蓄，希望你們替我分贈給處境和我的兒女相同的小朋友們，在中國實在不少如喪家小犬，不得父母的撫養，——這本是他們應要求的權利，——受飢寒病疾的苦纏而的淹沒的小孩子們。最後叮囑你們一句，我死之後，要把我的屍骸葬在我的小孩兒的墳墓傍邊。............"

1930,8,4日早脫稿於上海

民国首版学术经典丛书
　　留欧外史（第一辑上编）
　　清代学术概论
　　中国目录学史
　　理学纲要
　　中国殖民史
　　白话本国史（四册）
　　近代中国留学史
　　五十年来中国之文学、论文杂记
　　历史研究法与中国文字变迁考
　　苏曼殊年谱及其他
　　中国商业史
　　妙峰山
　　中国文字学史（上下）

民国首版文学经典丛书
　　新月诗选
　　火灾
　　我们的六月
　　红的天使
　　红雾
　　未完的忏悔录
　　生死场
　　云游、志摩的诗
　　徐志摩选集
　　休息、给予者
　　迷羊
　　第七连
　　弘一大师永怀录
　　石门集
　　飞絮
　　鲁迅杰作选
　　胡适留学日记（四册）